»Frau Merkel ist eine große Erzählerin.«

Jean-Claude Juncker

Beuys war ein Armleuchter. Merkel legte die schwere Biografie auf den runden, weißen Gartentisch. Eiserne Ranken schwangen floral aus, bildeten Rosen- und Olivenästchen nach. Deren Früchte waren ebenso glanzlackiert wie die Tischbeine und die uniforme Platte, auf der nun Riegels Wälzer über Beuys lag. Deutsches Schmiedeeisen war das nicht. Sondern süditalienische Kunstindustrie, ältlichen, anmutigeren Modellen ähnlich, die sie aus Ischia kannte – ihrem üblichen Urlaubsort, der sechzig Kilometer Luftlinie entfernt hinter ihrem Rücken lag.

Ravello bot Riesenpinien. Und – von ihrer Terrasse aus – dramatische Gipfel und Höhenzüge, von denen das Auge in wenigen Sekunden bis ins Meer hinabtauchen konnte. Zu dramatisch für Merkels Geschmack. Kein Wunder, dass Richard Wagner hier einen Teil des *Parsifal* komponiert hatte. Auch einer dieser hageren Weltverbesserer. Beuys, der spätere Hagestolz mit der Pilotenweste, hatte den *Walkürenritt* im Ohr, als er in seinem Stuka auf die Olivenhaine der Krim hinabstach oder über die verschneiten Hochebenen flog, wo er ferne Figuren der Roten Armee aufs Korn nahm.

»Schwerter zu Pflugscharen.« Darauf hatte sich der rheinische Kapitalismus nach dem Krieg halbherzig besonnen, während die Rundfunkorchester neben Wagner nun wieder Mendelssohn spielten. Aber Beuys wollte weder Mendelssohn noch Mantovani hören. Den Morgenthau-Plan wollte der späte Gote doch noch verwirklichen. »Verwaldung statt Verwaltung« lautete die Devise des Protest-Professors, der dennoch zäh an seinem Beamtenstatus festgehalten hatte. Die Schönheit Ravellos wurde jedoch nur sehr teilweise der Verwaldung anheimgegeben. Vollständigere Verwilderung war den Pflanzungen nahrhafter Kastanien vorbehalten, die das Hinterland des Ortes und die Flanken seiner Höhen bewuchsen. Ravellos byzantinische Kuppeln hingegen wurden von wenigen solitären Pinien bewacht, wohlkalkuliert gepflanzt von einem italienisch-schottischen Gartenmeister-Duo. Das verdankte seinen Wohlstand der Abholzung der Dardanellen, wie ihr der fließend Deutsch sprechende Vize-Prior des Franziskanerklosters bei einem von ihm geführten Spaziergang durch das Örtchen berichtet hatte. Diesen lokalen Experten hatte, wie üblich, die deutsche Botschaft organisiert.

Don Francesco war Mathematiklehrer an der Oberschule der nahen Stadt Avellino gewesen. Werktags war er jeden Abend mit seinem Fiat Panda aus dieser heißen und umtriebigen Provinzstadt in sein nobles, doch dörfliches Städtchen oberhalb Amalfis zurückgekehrt, nach Ravello. Dort pflegte er seinen Kleinwagen unter dem gewaltigen romanischen Gewölbe der aufgelassenen Weinkellerei zu parken, in das sie der Pater gestern kurz geführt hatte. Die Gewölbe, Glockentürme und gewichtslos gewordenen Gurtbögen Ravellos verdankten, wie Merkel erfuhr, ihren nostalgischen, gärtnerisch weitgehend gebändigten Verwaldungsgrad einer verfehlten Wirtschafts- und Bündnispolitik der Amalfitaner während des 11. Jahrhunderts. Die wollten zwar den Kompass erfunden haben, aber sie hatten die Kardinalpunkte und Hauptrichtungen ihrer mittelmächtigen Ausrichtung unklug verwaltet.

Auch Manfred Wörner hatte damals das vierstrahlige NATO-Emblem nur unzureichend verstanden. Dessen sternförmige Windrose zierte die gekachelte Hinterwand der Pergola von Wörners belgischem Gästehaus, in das sie der NATO-Generalsekretär einmal mit Kohl und einigen Mitgliedern des Verteidigungsausschusses zum Grillabend eingeladen hatte. Das NATO-Logo der Fliesen zierte und zitierte: das alte Motiv der Kompassrose. Der Kompass, diese ihre angebliche Erfindung, den die mittelalterlichen Seekaufleute den Arabern abgeguckt hatten, hatte der Stadtrepublik von Amalfi keine dauerhafte Ausstrahlung und Prosperität gesichert. Ebensowenig konnte die unentrinnbare Präsenz des alle Richtungen gleichberechtigenden NATO-Sternes auf Flaggen und Flyern, auf Tellern und Tassen verhindern, dass Helmut Kohl nach seiner damaligen Brüssel-Reise der gleichzeitige Zugriff auf die westlichen *und* östlichen Pole bundesrepublikanischer Außenpolitik zu entgleiten drohte. Jedenfalls zeitweise. Der Wörner war da auch keine große Hilfe gewesen. Aus Rache hatte Kohl später den Rühe gezwungen, eine Manfred-Wörner-Medaille zu stiften.

Den Amalfitanern und selbst den Ravellesen, die hochmütig auf ihre Herren herabsahen, war es nicht gelungen, ihre Macht und ihre militärische Stärke zu bewahren – was das verfeindete Pisa genutzt hatte, um die Arsenale und Trockendocks des gefährlich nah am Meer gelegenen Amalfi im Jahr 1137 ein für alle Mal zu zerstören. Sodass bereits zweihundert Jahre später der Dichter Boccaccio eine weite Reise des Kaufherren Ruffolo und sogar eine schwimmende Schatztruhe hatte ersinnen müssen, um die reichen Geldmittel plausibel zu machen, mit denen die Familie Ruffolo ihre Villa mit den hängenden Gärten noch zu seiner Zeit in Ravello unterhalten konnte. Dies hatte ihr Padre Francesco gestern Morgen mit feinem Lächeln aus dem – eigentlich indizierten – Decameron Boccaccios berichtet, während er die Tür zu seinem ebenso geräumigen wie kargen Büro aufschloss.

Das nüchterne Studio des mönchischen Mathematikers hielt für Merkel, Pfarrerstochter aus Mecklenburg-Vorpommern, eine Überraschung bereit, an die sie sich bereits nach den ersten Seiten der Schwarte über Beuys, in der sie am Nachmittag des Vortags zu lesen begonnen hatte, wohlwollend erinnerte: Über der Eingangstür und somit im ständigen Blickfeld des Schreibtisches von Padre Francesco hing eine große, flache Schüssel – eine Art Riesenteller. Dessen türkisfarbenes Ornament ließ einen breiten Rand frei, dem in deutscher Sprache und großzügiger Schreibschrift die Worte *Was kann ich wissen? – Was soll ich tun? – Was darf ich hoffen?* eingebrannt waren. Auf diese »protestantische Trias«, wie er meinte, wies der Franziskaner verschmitzt hin. »Von Kont.« Dass diese Fragen von Immanuel Kant stammten, wie der Geistliche in eigentümlich vokalisierender Aussprache des Namens betonte, war ihr natürlich bekannt. Zwar fokussierten sich die philosophischen Grundkenntnisse der promovierten Physikerin in zeit- und ortsspezifischer DDR-Weise auf Hegel und Marx, dessen Frühschrift zu Demokrits Welt aus Atomen sie sogar mit Vergnügen gelesen hatte. Aber ihr Vater war bei den abendlichen Spaziergängen am Siel häufig auf eine Überzeugung zurückgekommen, die sowohl einige glatte Funktionäre seiner Landeskirche als auch die SED verfolgt hätten, wenn sie der zurückgezogene Pfarrer nicht nur seiner Tochter, im Geheimen, verraten hätte. Von der wusste er, dass sie nach außen nur das Notwendigste redete, aber in angenehmer, keineswegs verstockter Diktion. Einmal hatte er diese Überzeugung so formuliert:

»Müntzer, Calvin, der Straßburger Bucer, selbst Doktor Martin Luther und Melanchthon – Sektierer und Fanatiker, kaum besser als der grobe Eck und der verschlagene Habsburgerkaiser. – KANT«, so betonte der Vater und atmete durch, »KANT erst war es gewesen, und damit«, so der Vater, »Preußen, die haben aus der altväterlichen Gnadenlehre Augustins und aus den widersprüchlichen Gewissensappellen der heillos zerstrittenen Reformatoren und Kirchengründer eine moderne Staatsreligion geformt.« Kant, der Alte von Kaliningrad, so dachte Merkel den erinnerten väterlichen Gedanken mit Blick auf die abfallende Silhouette der Pinien des Parks von Villa Ruffolo weiter, hatte den Wildwuchs und das Anmaßungsstreben der protestantischen Egologen tüchtig beschnitten und getrimmt. Ohne *Bedingungen der Möglichkeit* keine Möglichkeiten, hatte Kant erkannt. Adenauer, der in der preußischen Rheinprovinz aufgewachsen war, verstand das Prinzip.

Kant, das war eben nicht vor allem die klare Kante, von der Münte immer gesprochen hatte, der Müntefering mit seiner sauerländischen Kolpinghaus-Sprache. Müntefering, der den Inhalt einer Portionspackung Kaffeesahne nicht nur in die Tasse goss, sondern der das Plastiknäpfchen auch noch in seinen Kaffee eintauchte, mit spitzen Fingern am ausgezogenen, aluminiumüberklebten Rand. Um noch den letzten Rest der Kondensmilch im Kaffee auflösen zu können. Eine Geste, die ihr den Münte sympathisch gemacht hatte. Auch wenn der Zuchtmeister der Sozen, der seine Abgeordneten wie Stallknechte schurigelte, ihr gegenüber durchaus unnett sein konnte, wie sie mehr als einmal erfahren hatte. Kant aber, den hatte der begriffen, trotz und wegen seiner Insistenz auf der klaren Kante, der Müntefering. Auch wenn der seinen Kant nur aus Hirschbergers Philosophie-Geschichte in der Ausgabe der Büchergilde Gutenberg kannte. Die zwei zerlesenen Bände hatte ihr Münte einmal in seinem Büro im Willy-Brandt-Haus gezeigt. »Dass wir uns nicht nach den Gegenständen, sondern sich die Gegenstände nach uns richten müssen«, so fasste Münte den Alten vom Berge zitierend zusammen. Umfragen hat der aber trotzdem gelesen, der Müntefering, schloss Merkel ihren gedanklichen Exkurs ab.

Bruno hatte ihr das karge Frühstück auf der Hotelterrasse, auf einer erst dürftig besonnten Rasenfläche neben der schattigen Pergola aus Kastanienstämmchen serviert, die normalerweise fürs Frühstück benützt wurde. Noch zu kühl, fand sie. Auf dem Tisch lag auch ihr Zimmerschlüssel. Er war an einem gewichtigen, altertümlich geformten Lederanhänger mit Aufschrift »1« befestigt. Der erinnerte sie an ihr jährlich gebuchtes Hotel auf der Insel Ischia. Das hatte der Berlusconi nicht einmal gekannt. Der hatte ihr vielmehr eine berühmte Luxusherberge, das Grand Hotel Quisisana auf Capri, großspurig und vergeblich für ihre Urlaube empfohlen. Dort gab es sicher längst keine Schlüssel mehr, sondern diese albernen Steckkarten, die Kolb immer misstrauisch beäugt hatte. Aber auch im Vergleich zu dem vertrauten Albergo Alighieri, ihrem regelmäßigen Urlaubshotel auf Ischia, war die Frühstücksterrasse hier eine Miniatur. Zum Ausgleich gab es die kleine Rasenfläche neben der gepflasterten Terrasse mit ihrem einmaligen Blick und den bereits in der Sonne glitzernden Rosen in ihren unaufdringlichen Tontöpfen. Auf dieses umhegte Grün hatte sich Merkel als früher – und neben Kolb noch einziger – Frühstücksgast hin- und zugleich von Kolb abgesetzt.

Kolb saß in professioneller Unsichtbarkeit inmitten der zweiten Tischreihe der Terrasse und tippte auf seinem GSG-9-iPad herum. Kolb kannte seine Chefin. Dachte er jedenfalls. Das dreiundzwanzigste Jahr in Folge war sie auch dieses Jahr, für zwei Wochen, mit ihrem Mann nach Ischia in die Ferien gefahren. Wie immer, im März, zur ersten Frühlingszeit, kurz vor der offiziellen Öffnung des Hotels Alighieri. Aber bereits während die nahen Thermengärten ihren Betrieb begonnen hatten. Das machte die Organisation einfach. Alles eingespielt. Frühes Frühstück des Ehepaars. Besuch der Thermalanlagen und des Hallenbades bis 9 Uhr, noch vor den ersten Gästen, danach improvisiertes Büro oder, aufwendiger, Ausflüge, Wanderungen, mit Baseballkappe – daran sollte sich auch im Ruhestand Merkels nichts ändern. Kein Grandhotel Quisisana, sagte die Altkanzlerin sehr leise, für sich in die helle Morgenluft. Merkel machte lieber in einem Hotel Urlaub, das sich beinahe auch der Kfz-Meister aus Deggendorf und die Pilates-Trainerin aus Stendal leisten konnten. Die Duschen im Stadtbad Mitte in Stralsund waren besser ausgestattet als die Nasszellen des Thermalgartens Aphrodite Apollon, der an ihr Urlaubshotel auf Ischia grenzte. Auf solche Zeichen von fehlendem Luxus legte sie Wert. Aber bei der Auswahl des Urlaubsortes und seiner Aussichten konnten der Kfz-Meister auf Malle und die Gesundheitsanbeterin auf Goa noch einiges von Mutti lernen, dachte Kolb. Auch die frühen Morgenstunden besser zu nutzen, wie die Merkel, wollte sich Kolb einen Hintergedanken nicht verkneifen.

Die Altkanzlerin blickte währenddessen anerkennend auf die offenbar in der Pfanne geröstete Brotscheibe vom Vorabend, zu der eine farblich wenig attraktive, aber offenkundig handgemachte Orangen-Marmelade gereicht wurde. Köstlich. Die San-Daniele-Schinkenplatte hatte sie höflich abgelehnt, während Kolb, der bereits so unauffällig wie möglich seine zwölf Kilometer gejoggt war, »ein Spiegelei« geordert hatte. Mittels seiner Übersetzungs-App in der Landessprache. – Ein ausdrücklich einzelnes Ei, das Ugo, dem Koch, der eher im Plural dachte, dennoch einiges Kopfzerbrechen bereitet hatte.

Napolitano hatte ihr schon damals Ravello als Urlaubsort vorgeschlagen. Vor zehn Jahren. Auf Silvios neureichen Luxus und auch auf das Quisisana hatte sie gepfiffen und Berlusconi bereits damals in ein Sanatorium des Mailänder Geldadels gewünscht, in das er nun verdient, aber verspätet, als dementer Stumpfschädel verbracht worden war.

Napolitano dagegen war ein feiner Kerl gewesen, Giorgio, erinnerte sich Merkel. Staatspräsident Napolitano hatte ihr die Dossiers über den Sylvaner und Prodi gezeigt, damals, und gelächelt. Er könne ja leider nicht die Wiedervereinigung mit Albanien verkünden, um von dort anschließend talentierte Politikerinnen herzuholen. Merkel hatte das Kompliment kurz genossen, zurückgelächelt und gefragt, ob es denn in Albanien Protestantinnen gebe oder, wie in Venedig, wenigstens Waldenser? Napolitano hatte anerkennend und angesichts seines Alters erstaunlich zitterfrei das Mokka-Tässchen gelüftet. Und ihr einen Urlaubstipp für die Gegend von Neapel gegeben. Den hätte er nach eigenem Bekunden dem Mailänder Medienunternehmer (nun zitterte das Löffelchen doch am Rand der Tasse) nie verraten. Dann hatte Napolitano weitergeplaudert, während auf dem Fresko über ihm der Bibliothekar Platina seinem Renaissance-Papst immer noch jenen Codex überreichte, dessen oberster Eigentümer damals längst der knopfäugige Bayer mit den albernen Prada-Schühchen geworden war, schweifte Merkel innerlich ab.

Ihr Ruhestand hatte entschieden auch Vorteile. Bayern, Baiern, Altbaiern oder doch Altbayern, von Bayern, in Bayern, das konnte sie nun getrost vergessen und auch Seehofer und den wieder populären Lügenbaron, der ihre Geduld lange genug beansprucht hatte und inzwischen aus Maryland nach Oberbayern, auf den Stammsitz seiner Familie, zurückgekehrt war.

Merkel bestellte einen weiteren Fencheltee und beschloss, noch ein wenig weiter zu lesen über Beuys. Endlich Zeit. Noch vor zwei Jahren wäre Kolb, »Punkt 6.30 Uhr, Frau Bundeskanzlerin«, mit zwei kubischen, schwarzglänzenden Aktentaschen erschienen und hätte beide Koffer in das zusätzlich gemietete Zweit-Doppelzimmer geschleppt: in Muttis Bügelzimmer, wie es im Jargon der Sicherheitsleute hieß. Die Akten-Zwillinge waren immer noch dabei, äußerlich unverändert, aber nun gefüllt mit Büchern. Mit anspruchsvoller Freizeitlektüre, wie Merkel wohlig dachte, während sich zwei junge GSG-9-Agenten an Kolbs Tisch setzten, nachdem sie die Umgebung des Hotels nochmals erkundet hatten. Beide bestellten einen Cappuccino bei Bruno, ein Fortschritt, dachte Merkel, als sie die beiden sportiven Niedersachsen nicht ganz ohne Wohlgefallen betrachtete. Anfangs, für die ersten Urlaube auf Ischia, hatten die BND-Leute und Polizisten immer eine bewährte Melitta-Kaffeemaschine mitgenommen, die ihnen Kohl für Reisen gespendet hatte. »Guter deutscher Filterkaffee«, das hatte Kohl bereits mit deutlicher Ironie formuliert, während er sich eine Tasse von dem Idee-Kaffee abgezweigt hatte. Obwohl Kohl die hanseatischen Kolonial-Patrizier, wie er sie nannte, gar nicht mochte. Dies auch, da sie ihm Ärger mit dem rechten Flügel einbrachten, als einer von ihnen die Wanderausstellung zu den Verbrechen der Wehrmacht auf den Weg gebracht hatte. Kohl selbst hatte privat an dieser Aufarbeitung nichts auszusetzen. Dem ehemaligen Geschichts-Studenten schien sie plausibel. Schon Adenauer hatte Kohl, als der Pfälzer noch bei der JU war, so erzählte der einmal Merkel, am Rande einer albernerweise *Großer Zapfenstreich* genannten Veranstaltung gesagt: »Junger Mann, lassen Sie sich nicht blenden. Dieser Quatsch bringt uns 10 Prozent. Jeder Generalstabs-Leutnant hätte Hitler noch rechtzeitig erschießen können«, konstatierte Adenauer. »Aber ein Drittel war begeistert, ein Drittel feige, und ein Drittel fühlte sich an seinen Eid gebunden, während sie im Osten zuschauten. Zuschauten und mitmachten«, näselte Adenauer, »wie ihre Kompanien Tausende von Frauen und Kindern erschossen. Armleuchter, junger Mann«, schloss Adenauer.

Aber Kohl hatte keine Lust gehabt oder jedenfalls keine Chance auf Machtgewinn darin gesehen, sich auf endlosen Parteitagen mit den schneidigen Altherren vom Zuschnitt eines Kanther oder Dregger auseinanderzusetzen. Er wählte die Hinterzimmer, um sie an den Rand zu manövrieren, dorthin, wo sie hingehörten. Kohl, der Meister der Kombinatorik, dachte Merkel im Stillen weiter, war zur tumben Birne erklärt worden. Dabei hatte der die Möglichkeit der Neuvereinigung ergriffen, ohne die heiße Kartoffel fallen zu lassen. Wie Kohl Feinde zu Freunden und Gegner zu Garantiemächten gemacht hatte, das hatte sie immer an jenen ungarischen Meister des Zauberwürfels aus ihrem Physik-Propädeutikum des ersten Semesters erinnert. Der kombinationsfreudige Ungar hatte es allerdings nie zum Rektor seiner Universität oder gar zum Politiker gebracht, schloss Merkel ihren Erinnerungsausflug ab.

Angenehm«, Merkel hörte Merkel und sah von ihrer Beuys-Biografie auf. »Klaus Merkel, Maler.« »Merkel, angenehm«, entfleuchte es Merkel, wegen der Namensgleichheit. Obwohl sie sich daran gewöhnt hatte, ihren Namen bei Begegnungen nicht zu nennen, weil ihr Aussprechen des Allbekannten öfters als ironisches, arrogantes Understatement missverstanden wurde.

Ansonsten gelang es ihr jedoch routiniert, unbefangenes Interesse vorzutäuschen. Dabei hatte Kolb sie über die zu erwartenden Gäste des morgigen Hotelfrühstücks vorab kurz informiert, wie immer. Das hatte hier in Ravello, im Fall des Hotels Villa Amore, keinen großen Zeitaufwand bedeutet: ein Pharma-Vertreter aus Treviso, der an einer neurochirurgischen Konferenz im Nachbarort Minori teilnahm; ein schweizerisches Paar auf Wanderurlaub; Eheleute, Lehrerin und Lehrer aus Montealbano – und, wie Kolb mit einem seltenen Lächeln über seinem frisch gepressten Fruchtsaft aus milden Amalfi-Zitronen bemerkt hatte: »Merkel, Prof. Klaus Merkel. Laut Wikipedia Maler aus Freiburg, Wohnsitz im Kaiserstuhl und Professor an der Staatlichen Kunstakademie von Oldenburg in Oldenburg.«

Maler, dachte Merkel, schade, dass mein Mann bereits zurück nach Berlin fliegen musste, der interessiert sich für Kunst. Joachim war noch von Ischia aus zur ersten Semesterwoche abgereist, da er für einen erkrankten Kollegen ein Seminar übernommen hatte. Ihr Mann hatte zuvor bei manchem Gipfel das Damenprogramm mitgemacht und war von den Malereiführungen der Museumsleute regelmäßig sehr angetan gewesen. In Neapel hatte Joachim zusammen mit den Gattinnen morgens das Archäologische Nationalmuseum und nachmittags den privaten, »Charity« gewidmeten Monte della Misericordia mit einem berühmten Gemälde Caravaggios besichtigt.

»Immer noch ziemlich betucht, diese neapolitanischen Aristokraten, obwohl sie Caravaggios *Sieben Werke der Barmherzigkeit* vor Augen haben«, hatte ihr Mann später gemurmelt. Während dieses Glanzpunktes des Partnerprogramms hatte wenig entfernt die Kanzlerin vor ungläubigen Augen, die Caravaggios *Ungläubigem Thomas* im Schloss Sanssouci würdig gewesen wären, flugs eine Archäologie der supranationalen Maastricht-Kriterien für Staatsschulden extemporiert. Ihr Beitrag überzeugte besonders, weil zuvor ein kluger, offenbar von Berlusconis Botox-Grinsen ähnlich angesäuerter Staatssekretär des römischen Finanzministeriums die Geschichte und die Gründe des Schiffbruchs der ältesten Bank der Welt, des Monte dei Paschi von Siena, analysiert hatte. In wenigen

Minuten, mit verbindlicher, wenn auch etwas arroganter Knappheit. Aber im Vergleich zu ihr ein wenig langatmig. Bis zum Mittagessen, zu dem es, wie meist bei Berlusconi, gegrillte Riesengarnelen gab, hatte sie dann den zerborstenen Riesentanker der italienischen Finanzen auf ein Trockendock geschleppt, das von ihrem Sherpa Stradtnutzki und den Benelux-Staaten eilig zusammengezimmert und von Washington und dem IWF seitlich gestützt worden war.

»Toskanische Prunk-Galeeren haben noch nie etwas getaugt«, sagte der römische Staatssekretär zu ihr, »aber gut ausgesehen haben sie immer.« Dabei zauberte er einen Flachmann aus seinem dunklen Anzug, aus dem er grünliches, duftendes Olivenöl auf seinen Tomatensalat tröpfelte. »Darf ich Ihnen etwas vom Öl meiner Familie anbieten?«, fragte er die Kanzlerin, auf Deutsch. Merkel musste daran denken, wie ihr damaliger Verbraucherschutzminister beim letzten Kabinettsessen von der Intervention eines italienischen Essigherstellers erzählt hatte, dessen Balsamico bei Manufactum 196 Euro pro Flakon kostete und bei der Stiftung Warentest durchgefallen war. Merkel mochte Balsamico nicht. Zu aromatisch.

»Die Tomaten sind gut«, sagte ihr der römische Staatssekretär mit dem Flachmann, »die kommen vom Vesuv, die lässt selbst Berlusconi noch nicht aus Holland importieren. Und nehmen Sie doch etwas vom Tintenfischsalat, der Fisch ist frisch. Die Garnelen aber kommen aus dem Eisfach, tiefgefrorene Glatzköpfe«, ergänzte er. »Gezüchtet in brackigen Tümpeln«, fuhr der schmale Römer mit spitzer Zunge fort. »Hat der Ministerpräsident von seiner letzten Reise nach Thailand mitgebracht.«

Haben Sie Ihre«, sie zögerte, »haben Sie Ihre ... Malsachen mitgebracht?«, fragte Merkel Merkel. Im Maokostüm, diese Miss Marple, dachte Merkel und lächelte zurück: »Ich male nicht mimetisch«, antwortete er etwas hochgestochen, dann überraschend konzise: »Ich male Malen.« Malen malen, wiederholte Merkel innerlich, das wäre etwas für meinen Mann. Der hatte sich damals nach dem gemeinsamen Essen im ehemaligen Speisesaal der Kartause von San Martino über Neapel mit den Damen des Partnerprogramms nicht nur den *Triumph der Judith* des Barockmalers Guercino in der Kirche dieses steinreichen Ex-Klosters zeigen lassen. Der war danach mit einigen besonders interessierten Gattinnen auch noch aus dem Lapislazuli-Tempel der Kartäuserkirche hinunter und gleich wieder zur Gemäldegalerie von Schloss Capodimonte hinaufgefahren, in den palmenbestandenen Park über der Innenstadt. Dort hatten sie sich Simone Martinis Porträt des Heiligen Königsbruders Ludwig angeschaut, mit dem Restaurator, wie ihr Joachim abends erzählte. Das blasse, blasierte Gesicht des mittelalten Heiligen auf Goldgrund, ein Inbild der Verlogenheit und der Verstellung, berichtete ihr Mann. Goldgrund hatte sie hingegen wohltuend an Goldstandard erinnert, an die gute alte Zeit von Bretton Woods. Vor der Abschaffung der – im Neuengland-Örtchen Bretton Woods kodifizierten – Goldgarantie für jeden einzelnen

Dollar war sicher selbst Nixons falsches Pferdegrinsen erträglich gewesen, hatte sie damals gedacht, vor dem Hintergrund der Goldbestände in Fort Knox und der fixierten Wechselkurse, erinnerte sie sich. Punziert habe der Martini den Goldgrund, erzählte ihr Joachim, und einen ziselierten Heiligenschein in ihn eingeklöppelt, der wie ein verlogenes Spitzenhäubchen die unterkühlte Nicht-Harmlosigkeit des raffinierten, bald heiliggesprochenen Ludwig, des Autors eines Traktats über mehrstimmige Musik, durchscheinen ließ.

Miss Marple und Mao – beide waren nicht zu unterschätzen gewesen, dachte Merkel. Und fuhr leutselig fort: »Malen malen, ich mal', was Maler malen und malten, aber nicht Männchen, wie der Penck, und eine Kaffeehaus-Kette hab' ich auch nicht aufgemacht, wie der Immendorff.« Maler Merkel klopfte anerkennend mit dem nach unten gewandten Knöchel seines Mittelfingers auf den grauen Leinenumschlag des Beuys-Wälzers auf dem Frühstückstisch: »Aber Beuys malen wie der Warhol, dazu gehört schon was«, lächelte er ihr zutraulich ins Gesicht, »nicht zuletzt Diamantstaub und eine Ahnung von Siebdruck.«

»Möchten Sie mit mir frühstücken, Herr Merkel?« fragte die Altkanzlerin Merkel und warf den Blick kurz auf Kolb und dessen neue Tischnachbarn, seine Jungs. – »Als ich noch im Dienst war, da hätte ich keine Zeit gehabt für Maler und ›Malen malen‹«, lächelte sie sympathisch spöttisch, »und außerdem hätten Kolb und seine Männer Sie gar nicht in meine Nähe gelassen. Umso mehr«, kriegte sie eben noch die Kurve, »umso mehr würde ich mich freuen, mit Ihnen zu frühstücken.«

Nun war's raus. Und auch Merkel mochte Merkel. Ihm gefiel nicht nur der Hosenanzug. Dezent egalitär und androgyn, dachte er, wie ein Mittelformatbild von Ad Reinhardt. Aber das hätte die Merkel nicht verstanden, ergänzte er bei sich. Ob sie mal nebenan in Capodimonte gewesen sei, versuchte er es für Anfänger, während er sich gelassen zwischen der geschmiedeten Olivenlehne und dem runden Tischchen platzierte. Gut genährt, aber wendig, dieser Maler, dachte Merkel, ein wenig badischer Buddha, während Maler Merkel mit seinem Diskurs für Einsteiger fortfuhr. »Dort hängt doch in Saal 1 dieser verlogene Heilige von Simone Martini, dem Sienesen«, provozierte er lächelnd, während ihm Kellner Bruno das Retro-Tablett mit Kaffee- und Milchkännchen zuschob. »Ja, genau, das Altarbild mit dem Ludwig«, warf die Merkel leichthändig ein und bereute gleich die Verwendung des Vornamens. Es hatte sie immer genervt, wenn die Kollegen von »Barack«, vom »Tony«, von »Wladimir« und »Costas« gesprochen hatten, da hatte am Schluss, frühmorgens, keiner mehr durchgeblickt. Vor allem nicht bei der Frage, welcher Donald gerade gemeint war, das war auch für die Älteren anstrengender Denksport. Selbst in Baracks Berater-Baracke, so witzelten Kolb und die Niedersachsen, kam niemand mehr mit, zumal die dort Fremdsprachen schlecht sprachen. Und auch kein Luxemburgisch, hatte die Merkel sich nicht verkneifen können.

»Haben Sie dem Martini-Ludwig mal länger ins Gesicht gesehen?«, hakte Merkel ein, nun ganz in seinem Element. »Dem heiligen Ludwig«, fragte die Merkel zurück,

»in Capodimonte? Nein, leider nicht, da musste ich mir gerade eine Powerpoint-Präsentation über die Bank Monte dei Paschi von Siena anschauen. Da steckte mir nachher der Draghi, die Pinakotheken in München, die hätten doch noch keinen Simone Martini, aber im Zimmer des Direktors dieser Bank Monte dei Paschi, da hinge ein schöner Franziskanermönch von Martini. ›In Ganzfigur, ein Barfüßer, den könnten sie wenigstens über die Alpen schicken, diese Campanilisti und Geizkrägen‹, sagte Draghi. ›Wenn wir den sienesischen Bankern schon mit unserem Frankfurter Geld‹, so Draghi weiter, ›die Spitzen ihrer hohlen Berge von innen vergolden und ihnen zugleich die leeren Geldspeicher mit Schuldverschreibungen und Eigenkapital vollpumpen, bis die Schwarte kracht.‹« Da wäre der Sprachkurs auch besser beim Goethe-Institut gebucht worden als bei einer dieser sündhaft teuren katholischen Privatuniversitäten, hatte Merkel gedacht. Der sprach ihr zu volkstümlich, der Draghi.

»Den Martini, das Gemälde in dieser sienesischen Bankdirektion«, unterbrach Merkel ihre Gedanken, während er genussvoll die maronenbraune, stückige Orangenpampe auf dem lecker getoasteten Brot vom gestrigen Abend verteilte, »wollte ich mit meinen Studierenden«, so sagte er in oldenburgischem Neusprech politisch korrekt, »auch ansehen. Ein Super-Bild nämlich. Überall sind wir reingekommen«, sagte Merkel, »sogar ins Esszimmer vom Spoerri, und in den toskanischen Irrgarten von Robert Morris: Minimal Art, die würde man gar nicht in der Toskana erwarten. Diese Bankbonzen aus Siena aber haben nicht einmal geantwortet. Anders als die in Oldenburg in Oldenburg«, lächelte Maler Merkel sibyllinisch. »Die Oldenburger Banker sitzen hinter goldbedampften Scheiben, die wie riesige Sonnenbrillen aus den 70ern ausschauen, und haben überm Schirmständer«, berichtete der Maler, »im Eingang einen super Frank Stella hängen, eher klein, aber MOMA-Qualität. Großartig. Ein Labyrinth, auf das Dädalus eifersüchtig geworden wäre, in First-Nations-Farben.«

First Nations, Indigenous People, Native Americans, korrigierte Merkel innerlich, das hatte sie vor ihrer Ehrenpromotion in Harvard gelernt, als Homi Bhabha die Laudatio auf sie gehalten hatte. Verballhornung dort: Homi Blabla. Das war übertrieben, fand sie. Typisch Faculty Club, hatte ihr Mann ihr erzählt, musste allerdings auch ein wenig grinsen.

»Aber einen gescheiten Simone Martini gibt es in Oldenburg nicht, nein, da muss man schon nach Florenz oder Neapel reisen«, fuhr Maler Merkel versonnen fort. »Oder nach Köln.« Und machte eine Pause. »Sagte Ihr Mann noch was über den Simone Martini in Saal 1 von Capodimonte?«, fragte er, ins Blaue hinein. Und staunte nicht schlecht, als die Merkel antwortete: »Blasierte Punzen, dargestellt der heilige Ludwig von Toulouse, der seinen Bruder zum König von Neapel krönt. Wachsweicher Teint, aber entscheidungsfreudig«, schloss Merkel mit einem fröhlichen Lächeln über ihren zur Raute verbundenen Händen. Angela Merkel hatte das Gemälde nie im Original gesehen, erinnerte sich aber genau an die Postkarte, die ihr Mann ihr mitgebracht hatte, und an seinen Bericht.

Ein phänomenales Gedächtnis haben Sie, hatte ihr Schäuble mehr als einmal gesagt. Nein: glasklares. Ein glasklares Gedächtnis, hatte der Schäuble öfters gesagt. Und einmal erläutert: »Wie Sie damals den Ben Bernanke von der US-Notenbank so nebenbei daran erinnert haben, dass er doch selbst bei den Basel-Zwei-Verhandlungen für einen höheren Leitzinssatz eingetreten war. Jedenfalls bis die Chinesen mit der Idee für den Rohstofffonds gekommen sind, die denen der alte Töppenrieder eingeimpft hatte. Und das doch nur, aber das wusste der Bernanke nicht, um Ihnen, verehrte Frau Bundeskanzlerin, eine reinzuwürgen«, hatte der Schäuble gewinnend von unten herauf gelächelt, so sehr freute der Schäuble sich an seinem Schwarzwälder Dialekt, der Ortenauer Färbung von reiwürgge. »Dann«, fuhr Schäuble fort, »zeigte aber der Wolfowitz in Istanbul seine Sockenlöcher. Danach war der ganz schnell weg vom Fenster. Und mit ihm der Töppenrieder. Die Chinesen emittierten die fff-Fonds dann doch über Chicago, und die Bahreinis guckten in die Röhre.« – Schäuble winkte ab.

Blasierte Punzen, das war ihr noch in Erinnerung geblieben aus der Erzählung ihres Mannes, von den damaligen Jungs vom Personenschutz öfters und fälschlich Herr Merkel genannt. »›Blasierte Punzen‹, besser kann man das nicht sagen, Frau Merkel, erinnern Sie sich an die aufgeblasene Blässe und die aufgesetzte Milde dieses Gesichts? Scheinheilig im besten Sinne, eine Allegorie der Malerei. Von wegen Nachahmung, dass ich nicht lache«, sagte Maler Merkel, der nun in Fahrt kam, während die Altkanzlerin an Benedikt XVI. dachte, das Mannequin dieses Puppenstaates, den sie, nachdem weder ihre SMS an den deutschen Botschafter beim Heiligen Stuhl noch ein Anruf beim Berliner Nuntius etwas gebracht hatten, ganz öffentlich an seine staatsbürgerlichen Pflichten hatte erinnern müssen: endlich den Blödsinn mit den Pius-Brüdern zu beenden. (»Bius-Prüder« hatte der Regensburger gesagt und »nicht einfach peenden«.) Sie guckte, wirkte interessiert, das konnte sie immer noch perfekt, dachte Kolb, bei partiellem Desinteresse, während Merkel über die Malerei Martinis weiterdozierte. Innerlich schweifte sie weiter ab: Den hätte sie nicht mal zum Vorsitzenden der Protokollkommission für den nächsten Parteitag gemacht, den Kardinal Ratzinger. Dabei ein Wundermann der Verstellung, wachsweiche Züge, aber innen stocksteif wie ein preußischer Ladestock. Sah schon im Leben aus wie aus Madame Tussauds Wachsfigurenkabinett entliehen, wobei die Tussaud sich die originalen Designer-Slipper nicht geleistet haben würde. Da hätte selbst der Simone Martini sich anstrengen müssen, eine derart knöcherne Figur wie den Ratzinger lebendig zu malen. Ratzinger hatte sich offenbar ganz genau umgesehen in Capodimonte, wenn man bedenkt, wie genau der den Heiligen Ludwig von Martini imitierte. Gerissen war der Benedikt, einmalig, hatte ihr Mann ihr einmal erzählt. Der hatte nämlich die Habilitationsschrift von Joseph Ratzinger im Vorfeld einer DFG-Begehung gelesen. Die Danksagung des Buches, hatte ihr Joachim berichtet, einmalig. Wie der spätere Erzbischof von München seinen Hiwis dankte, extrem ökonomisch. Nicht einmal deren Vornamen hätte der angegeben. Aber zwei Zeilen reserviert für die diversen ausgeschriebenen Vornamen und die vollen Titel des damaligen Erzbischofs von München und Freising. »Einmalig, Angela. Da kannst selbst du noch was lernen, Schatz«, hatte ihr Mann sie gefoppt.

Maler Merkel war wieder bei Martinis Bettelmönch im Direktorenbüro angekommen. »Vor allem hagere Franziskanermönche in Ganzfigur waren dann eine Stärke jener sienesischen Maler, die auf Martini folgten. Auch hier die Nachahmungen besser als die Vorlagen, als die Modelle: fanatische Typen, Antisemiten, die durch Gründung von Bankhäusern namens Monte, wie der berühmten Bank Monte dei Paschi, von der Sie sprachen, Frau Merkel, den jüdischen Geldwechslern und Bankiers ihre Einnahmen aus dem Geldverleih abspenstig machen wollten. Wanderprediger, schlecht gewaschen und schlecht gelaunt. Einer hatte sogar Kunstwerke verbrennen lassen, in Florenz auf dem Rathausplatz, aber gerade von den Künstlern war der geliebt worden, der Savonarola«, dozierte der Beamte aus Oldenburg. »Sogar von Botticelli und Michelangelo.« Den Mönchmaler Fra Bartolommeo ließ er weg, zu anspruchsvoll, das sagte auch der Kollege Zeisig immer: »Nichts fürs Grundstudium.«

»Unsympathisch, diese Bettelmönche«, murmelte Maler Merkel noch. Und dachte weiter: Aber gemalt waren die top. Beim Malen fanatischer Wanderbrüder, da waren die späteren Sienesen, die Nachfahren Martinis, Maler wie Sassetta und Giovanni di Paolo, große Klasse. Franziskus, dachte die Merkel währenddessen, da konnten sich der Professor und der Pater treffen. »Der Franziskus war ein großer

Erzähler, der Heilige aus Assisi«, hatte ihr der Juncker mal bei einem Gipfeltreffen in Assisi mit hochgezogener Augenbraue scheinbar beiläufig gesagt – offenbar mit einer Spitze gegen den gleichnamigen neuen Papst. Den neuen Pontifex verbänden zu wenig Brücken mit Europa, trotz des Pfaffenlateins, hatte der Juncker gespottet: »Gaudium est laetitiae«, da wäre Cicero, so Juncker altklug, schon das dritte Wort zu zungenbrecherisch gewesen. Und vom Erscheinungsbild her zu simpel, wegen der Symmetrie der Buchstaben.

Mimesis, nachahmende Darstellung,« dozierte Professor Merkel nun munter weiter, »dass ich nicht lache. Höchstens eine wächserne Totenmaske des längst schon toten heiligen Ludwig von Toulouse bekam der Maler Martini. Und die konnte auch kein so schmallippiges und zugleich scheingütig-rosiges Lächeln gezeigt haben. Schon lange tot war der heilige Ludwig, als der Simone ihn malte. Martini, der Simone, der hat den nie gesehen. Kein einziges Simulacrum oder Gesichts-Häutchen hat der von seinem Modell empfangen.« Schon wieder so ein Duzer, Simone statt Simone Martini, dachte die Altkanzlerin und schaute kurz aufs Meer. Bald aber blickte sie wieder aufmerksam auf das Gesicht des Professors aus Oldenburg in Oldenburg, obwohl selbst sie langsam Schwierigkeiten hatte zu folgen. »Seinen Bacon, den hatte der Martini gelesen«, fachsimpelte Merkel weiter, nachdem auch er die Extra-Schinkenplatte abgelehnt hatte und sich nun stattdessen einen kleinen Orangenmarmeladen-Vesuv auf die verbliebene Brotscheibe aus seinem Retro-Körbchen lud. »Bacons Texte, die Schriften über Optik dieses franziskanischen Gelehrten, die hatte der Simone gelesen«, kam Maler Merkel endlich auf den Punkt. »Und dann mit Petrarca durchgesprochen. Francesco Petrarca, der hatte zwar schon damals die Neuzeit eingeläutet, um 1330, aber ein Simulacrum des heiligen Ludwig hatte auch der Petrarca, obwohl Poet und Historiker, dem Maler nicht verschaffen können. Darum hat der Simone den heiligen Ludwig dann 1A erfunden.«

»Simones berühmter Erzengel Gabriel in Raum 1 der Uffizien«, duzte der Professor dozierend weiter, »der hat den Simone, während er den malte, auch nicht wirklich gegrüßt. Auch der Gabriel ist kein Simulacrum von einem Simulacrum, sondern eine Imagination. Den großzügigen Lilienbogen des Engels hat der Simone in die geduldige Riesenplatte hineinerfunden und das Wangenrot kunstfertig kleinkläubelig mittels roter und gelber Punkte aufgetupft. Wie die gepunzten Borten am sienesischen Haute-Couture-Gewand des Erzengels hat der Maler auch die eleganten Konturen der Engelsgestalt hineingebosselt in das goldgrundige Altarmöbel. Die Anmut hineingepinselt, hineingefieselt, hineingeschabt und mit Punzen und Stempeln nachgeholfen. Seine Lilien, die duften heute noch, nach 700 Jährchen.« Etwas außer Atem blinzelte Maler Merkel aufs Meer, das unkompliziert und golden glänzte.

»Ja, diesen Engel kenne sogar ich, vor dem wäre sogar die echte Maria auf die Knie gegangen«, kommentierte die Merkel trocken, »der ist besser als gute Mittelklasse.« Sie streifte mit einem Blick Kolb. »Jetzt müssen wir aber los«, hängte sie mit verbindlichem Lächeln an und stand ruhig auf. Die Niedersachsen waren auf ihr leichtes, vom Maler unbemerktes Nicken hin schon aufgesprungen. Sie begannen, Gartenmauern am prospektiven Wegesrand leichthändig überkletternd, das Terrain zu sondieren und zu sichern.

Die Merkel mochte es zwar kompliziert, dachte Kolb. Aber, ergänzte Kolb beim Blick auf das Duo Merkel vor ihm, innerlich: Ihre Ansagen ans Volk, die waren einfach und klar gewesen. Beziehungsweise ihre Ansagen an die Bevölkerung, wie sich Kolb verbesserte. Sein »Volk« hatte die Kanzlerin regelmäßig verbessert in »Bevölkerung«. Berechtigterweise, aber mit einem irgendwie sozialdemokratischen Lächeln um die Mundwinkel, fand er.

Ihre Pressemitteilungen, die hatte sie mit ihrer Bürochefin zu glasklaren Sentenzen gestanzt, da konnte selbst der Münte nicht mithalten. Durchsichtig und ohne Pathos, die Leute wussten gar nicht mehr, was die Merkel gesagt hatte, so transparent war das. Kurz und knapp. Aber immer war klar, dass die Aussage auch eine Ansage war. Eine Ansage an und eine Aussage über die Zukunft, erinnerte sich Kolb. Damals während der Finanzkrise, ein Satz – und Schluss. Die Merkel macht das schon, sie wird das schon richten, das war der Kern der Botschaft, erinnerte sich Kolb. Als sie dann aber sagte »WIR schaffen das«, da wurde es den Leuten mulmig. »Ich schaffe das«, da hätte niemand gezweifelt. Aber »wir«, das war zu mitarbeiterfreundlich, wie beim Betriebsrat oder bei VERDI, erinnerte sich der Chefleibwächter, während die Merkel einen mittellangen Satz zu sagen schien und dabei den Maler mit mäßiger Temperatur anlächelte, wie er aus einem Augenwinkel beobachtete. Ob die Leute nun an den Herrgott glaubten, dachte Kolb etwas maskulinistisch unter seinem gemäßigten Kurzhaarschnitt, ob sie an den Herrgott glaubten, das war deren Privatsache geworden unter Merkel. Die Chefin glaubte an Gott, meinte Kolb zu wissen, selbst während des Kurzurlaubes auf Madeira damals war sie in die evangelische Gemeinde zur Messe gefahren.

Die Chefin sonntags während der frühmorgendlichen Bachkantate im Deutschlandfunk zu stören, darauf war nicht mal der Kollege von der Bundeswehr in Afghanistan, General Horn, gekommen. Dabei hatte der mit der Chefin abgemacht, wenn's wichtig war, gleich bei ihr direkt anzurufen. Gerne auch früh. Um sieben, während andere den mäßigen Sekt der Vernissage in Prenzlberg oder des Rotary-Clubs in Wannsee noch ausschliefen, da hatte Mutti schon ihren zweiten Becher Fencheltee intus und war hellwach. Und hatte dann noch von ihrer Wohnung am Kupfergraben, mit Blick aufs Pergamonmuseum, den Sicherheitsberater Obamas angerufen. Und dem gesimst, er möge doch auch mal mit dem General Horn im Voraus sprechen. Immerhin hätte der Horn vier Sterne, NATO-Code OF-9. Besser sprechen, vorab, auch mit Horn, dem

Wüstenfüchschen, wie er bei der GSG 9 genannt wurde, das war Merkels Botschaft an Obamas Stab gewesen. Und den Taliban erst mal mit der Drohne drohen. »Nicht immer draufhauen und dann erst denken«, hatte die Merkel dem US-Sicherheitsberater gesagt, erinnerte sich Kolb.

Da fehlt der rationale Rahmen, Kolb, hatte sie ihm mal angedeutet. Dass der Rumsfeld und der Ratzinger ausgerechnet das gleiche volltransparente, rahmenlose Brillengestell gewählt hatten, das war schon für Schröder ein Anlass zur Sorge gewesen, hatte der ihm mehr als einmal gesagt. Immerhin Made in Germany, diesen Zusatz hatte sich Schröder nicht verkniffen. Und ihm eingeschärft: »Kolb, Glasnost und Perestroika schön und gut, aber der Rahmen muss stimmen, Kolb.«

Kolb war dabeigesessen, als das Wüstenfüchschen kurz nach diesem Beratungsgespräch dem Generalinspekteur mal beim Krombacher-Pils in der Bierklause in Kunduz gesteckt hatte, der amerikanische Verbindungsoffizier, der habe bei der Morgenlage immer gegrinst wie dieser buddhistische Mandarin in den Strategielehrbüchern an der Universität der Bundeswehr damals. Und der Ami habe, so das Wüstenfüchschen, immer noch penetrant gegrinst und ansonsten weitergeschwiegen, als bei der Morgenlage per Zufall rauskam, dass seine Kameraden im Kontrollzentrum in der kalifornischen Wüste (oder war's in Ramstein?) mit ihren Joysticks das Attentat auf den jahrelang von ihm, General Horn, hofierten Mufti nicht nur simuliert hatten. Sondern Exitus. Nach diesem Bericht, in der Bierklause in Kunduz, habe General Horn, also das Füchschen, das sonst immer Krombacher Weizen alkoholfrei bestellte, ein »Herrengedeck extra« (das mit dem Linie Aquavit) geordert.

Und gesagt, manchmal könne er die Taliban verstehen. Wenn bei Vechta statt der Externsteine riesige Grinsemänner wie in Afghanistan früher herumstünden und man führe jeden Abend vom Schießplatz kommend darunter her – dann würden die Jungs irgendwann auch die Mörser davorstellen und denen mal auf den Zahn fühlen, ob die wirklich alles so genau wüssten, diese Mammutbuddhas. Die Taliban, die hätten nun mal den Allah, und der wisse ja auch alles, wie unser Gott auch, fuhr der Horn fort. Aber der liebe Gott und der Allah, die brauchten nicht permanent zu grinsen deswegen, anders als dieser Verbindungsoffizier damals und wie dessen mutmaßlicher Oberchef, der Buddha. Und dann erfährt der Generalleutnant Horn aus *Spiegel online*, was der Ami-Leutnant schon gesimst bekommen hatte vor der Morgenlage, aber dennoch weitergrinsend nicht berichtet hat: den Tod des Mufti. Darüber hatte sich dann der Horn bei der Chefin beschwert. Erzählte er beim »Herrengedeck extra«. Dann war am nächsten Morgen, also nach dem Telefonat der Merkel mit Obamas Ephebenstab, so das Wüstenfüchschen, ein anderer US-Verbindungsoffizier erschienen, der habe nicht mehr so wissend gelächelt. Sondern Klartext geredet: Army-Abkürzungs-Amerikanisch, AAA. Wer wann wo wie was, das war eine Freude, hatte der Horn der Chefin über Kolb ausrichten lassen, per SMS. Bedankt hatte Horn sich und der Mutti noch ausrichten lassen, wenn sie mal nach 32805 Horn-Bad Meinberg käme, dann werde er ihr gerne die dortigen

Externsteine zeigen; frühmorgens vor den Bussen. »Top erhalten, Kolb, einmalig«, hatte Horn noch hinzugefügt beim »Herrengedeck extra«. Und noch einen Linie Aquavit bestellt, aus dem Eisfach. »Sie doch auch, Kolb.«

In Ansage und Ausführung tiptop, die Chefin, aber bei Spaziergängen kompliziert. Nun bestand sie darauf, dass sie den Pater Franziskus in seinem Kloster abholen kommt. Dabei noch rüstig und vollkommen fit, der Pater Franziskus, so dachte Kolb weiter. Abholung keineswegs nötig. Aber höflich, die Merkel.

Das Hotel Villa Amore, in dem sie gefrühstückt hatten, lag nahe am wunderschönen, aber, wie Kolb vorerkundet hatte, schwierig zu sichernden Fußweg zwischen dem Konvent des Paters und dem Park dieser verflixten Villa Cimbrone. Wegen der Gartenmauern. Nicht zielführend auch die verwirrenden Namen: Villa Ruffolo, Villa Amore, Villa Cimbrone, die hatten eine Villeninflation hier oben in Ravello. Von wegen gute Mittelklasse, Kolb, dachte Kolb. Die Chefin hatte die Einladung des Paters dankend angenommen, ihr nach Städtchen und Villa Ruffolo am nächsten Tag auch noch, etwas außerhalb, diesen berühmten Park und seine Belvedere-Terrasse mit ihrem einmaligen Blick auf Meer und Himmel zu zeigen. Aber darauf bestanden, dass sie, Merkel, den Pater abholen komme – und dann erst, nach kurzer Besichtigung von Kloster und Konvent, mit ihm gemeinsam zum Park der Villa Cimbrone spaziere. Wobei auf diesem Weg der Pater Franziskus ihr noch

Carlone, den Hund des Bürgermeisters, vorstellen wollte, der auf halber Strecke zwischen Kloster und Park ein Zitronengärtchen bewache. So hatte Kolb bei der Vorbesprechung zwischen der Dolmetscherin Dagonelli und dem Vize-Prior mit Grausen vernommen. »Ein ganz reizender Hund«, sagte dieser Don Francesco, wie die Einheimischen ihn hier ansprachen, »ein Umweg von gerade hundert Metern und die beste Aussicht, vom Zitronengarten auf das alte Scala, das Hauptdorf der einst wichtigeren Diözese.« »Haupt- und Nebenwege«, fügte der Pater noch an und zitierte damit Paul Klee, von Kolb unerkannt. Und ein herrlicher Blick auf das Tal des Drachen, die »Valle del Dragone«. Dort war ein Dutzend Kirchen und Klöster errichtet worden, als Ravello und Scala noch reiche Handelsstädte der Republik von Amalfi mit eigenen Bischöfen gewesen waren. »Aber den heidnischen Namen, den sieht man dem Tal noch an, besonders den uralten Pinienwäldern in den unwegsamen Felsenklüften unter der sarazenischen Zitadelle«, fügte der Pater feinsinnig an, als läse er aus dem Beiheft seiner Schubert-Lieder-CD-Kassette von Deutsche Grammophon.

Ein ganz reizender Umweg, dafür benötigte er fünf Agenten extra, die hatte er gerade nochmals angesimst, die kamen per Hubschrauber auf den Helikopterlandeplatz des Luxus-Hotels »Villa Cimbrone«. Um Punkt 10.10 Uhr. Auch um den Kollegen aus Salerno mal zu zeigen, wo der Hammer hängt. Bis die mit ihren Alfa Romeos die Küstenstraße von Amalfi hochgekommen waren, da hätten schon fünf seiner Jungs samt der Dagonelli beim Bürgermeister geklingelt und gleich dem Carlone eine kostenlose Vierfachimpfung und ein Läusehalsband verpasst.

Scherz beiseite, dachte Kolb. Die Idee mit dem Läusehalsband auf Generalverdacht würde er sich schenken müssen, so was mochte die Chefin nicht. Aber so ein Hubschrauber, das erinnerte ihn an die alten Gipfel-Zeiten. Auch die Grand-Hotels des Städtchens. Das waren noch Zeiten, als sie in solchen Prunkquartieren untergebracht worden waren, jedenfalls er und die anderen Kader. Auf Kosten des einladenden Staates. Restliche Truppe natürlich Zweisternehotel. Am Hafen. Der Bundesrechnungshof ließ grüßen.

Im hiesigen Hotel Villa Cimbrone, 5-Sterne-Plus, hatte die Mutti als urlaubende Privatkanzlerin nicht absteigen wollen. Auch das Palumbo, das ihr der Staatspräsident empfohlen hatte, hatte sie abgelehnt – das einzige Hotel auf der Welt mit einer museumsreifen romanischen Skulptur des 12. Jahrhunderts am Eingang, hatte Napolitano ihr zugezwinkert. Und mit herrlichen Zitronengärten, das war der Chefin auch zu luxuriös gewesen. Positanos Nobelherbergen waren durchgefallen, als er der Altkanzlerin kürzlich deren Preise aus seinem iPad vorgelesen hatte, aus einer Mail des neuen Kanzleramts-Reisebüros in Berlin-Charlottenburg: »Grand Hotel in Positano, Kolb, bin ich bei Gazprom? Gute Mittelklasse, Kolb, wie üblich.« Da hatte sein Partner noch mal im Internet über die Hotels von Ravello recherchiert, der konnte das besser. Ein gewisses Albergo Ruffolo, das war die Lösung seines Mannes. Gehobene Mittelklasse, traditionelles Haus, in dem Edvard Grieg sich ins Gästebuch eingetragen hatte. Herrlicher Blick vom Speisesaal auf die historischen Gärten der gleichnamigen Villa. In denen hatte Boccaccio eine berühmte Novelle und Wagner Klingsors Zaubergarten aus seiner Oper *Parsifal* komponiert, laut Reiseführer, den sich sein Mann aus der Stadtbücherei entliehen hatte. Und gute Küche. Die Küche gehobene Mittelklasse – ja, das hätte der Chefin gefallen, zumal in der Vorsaison, wenn der Speisesaal nicht so voll sein würde.

Aber, hatte Kolb Kolb gegenüber gleich moniert, unter Verwendung ihres gemeinsamen ironischen Kosenamens, »Kolb«: »Kolb, für uns kommt das Hotel Ruffolo nicht in Frage, da gibt's ja mehr Hecken als Heckenschützen in Bagdad, da schaust du nicht nur einmalig auf die mittelalterlichen Türme und Terrassen dieser Villa Ruffolo. Da schauen auch die Türme und Terrassen aus nächster Nähe auf den Frühstückstisch und auf Muttis Doppelzimmer zur Einzelnutzung, das kannst du völlig vergessen. Leider. So viele Beamte kann ich gar nicht anfordern, dass die sich nicht die Augen aus den Wimpern drücken vor lauter Einsicht, Ansicht, Aussicht. So ein Hotel würde man nicht einmal in Vaduz dem Staatsoberhaupt von San Marino anbieten. Das ist so einsichtig und durchsichtig wie die liechtensteinischen und schweizerischen Bankkonten nach Einführung von CD-Laufwerk und Stick.« Das Hotel Ruffolo kam darum nicht in Frage, obwohl die Preise mäßig waren und das Haus direkt am Beginn des Spazierweges zur »Terrasse der Unendlichkeit« und zugleich nahe am Ortskern gelegen war.

Dann das Hotel Villa Amore, hatte sein Mann schlagfertig geantwortet. Der sich das schon gedacht hatte, ein Bedenkenträger, sein Kolb, da brauchte man einen guten Plan B, das schätzte der.

Die Chefin winkte Kolb dezent zu und wies Richtung Ausgang. Sie schaute auf Merkel und sagte in einem schein-komplizenhaften Ton, den Kolb kannte: »Herr Merkel, da seh' ich ja nun den Simone Martini in ganz neuem Licht. Seine *Verkündigung* in den Uffizien ist große Klasse, die hat mir Tante Rita mal, als ich noch Backfisch war, aus Florenz als Postkarte in die DDR geschickt, im verschlossenen Umschlag. Damit am Grenzposten keine Luxussteuer fällig wurde«, flunkerte sie. »Herr Merkel«, stupste die Merkel nun Merkel an, verbal: »Sie kommen doch mit, kleiner Spaziergang erst zu Padre Francesco, da sehen Sie einen Teller, einen Tonteller, den Sie nicht erwartet hätten, dann Carlone, den Hund im Zitronengarten, und – die berühmte Villa Cimbrone ...«, lächelte die Merkel sibyllinisch. Carolina?, fragte sich Merkel. Der Maler kannte Ravello gut, den Park der Villa Cimbrone besonders. Dort hatte er schon halbe Tage verbracht. In der sogenannten Marzipanloggia mit den gefakten »salernitanischen« Bildsäulen, über dem Rosengarten. Und bei seinem Baum, einer rotrindigen Pinie, die nahe der südlichsten Ecke stand, nicht weit von diesem bescheuerten Helikopterlandeplatz.

Seine Pinie, die aussah, als habe Cézannes *Große Pinie* in der Londoner National Gallery begonnen zu leben und zu wachsen. Nicht ganz zu umfassen war sie, seine Pinie, zu umfänglich. Außen trocken. Ohne das klebrige Harz der Schwarzwaldtannen, das ihn mitten im Wald an die Malmittel seines Lieferanten aus München erinnerte. Bei Waldspaziergängen am Stadtrand, von seinem Freiburger Atelier aus. Da war Heidegger auch gerne spazieren gegangen und hatte sich die harzigen Hände am mäßig gepflegten Anzug abgewischt, wie man sich in Freiburg erzählte. Um sich abzulenken von solchen unappetitlichen Gedanken, blickte Maler Merkel jetzt hinunter, auf steil abfallende Anhöhen. Und, nach kurzem Gleitflug seiner Augen, aufs funkelnde Meer. Ob die Merkel auch diesen selbstmitleidigen Philosophenpriester gelesen hatte? Eher nicht, dachte er beim Blick auf Miss Marple. Nüchtern und illusions-, aber nicht herzlos, kommentierte er für sich. Genau das Gegenteil Heideggers also. Die las eher den Habermas, spekulierte Merkel weiter, der galt zwar als SPD-Philosoph, aber bei aller Eitelkeit und allem Ego war Habermas doch für Öffentlichkeit und gegen die Innerlichkeit und deren Kult bei Heidegger, des treulosen Husserl-Schülers aus Meßkirch. Der Habermas ..., ein Aufklärer, der »die Versöhnung der mit sich selber zerfallenen Moderne« angehen wollte. Respekt. Sein Baum in Ravello war hingegen warm, trocken, sogar ein wenig staubig. Südlich trocken und großschrundig, wie die Rinde des Sequoia-Mammutbaums, den der Großherzog von Baden im 19. Jahrhundert aus Kalifornien eingeführt hatte, indem er dessen Samen mit großzügiger, aber durchaus wählerischer Hand an verschiedenen Orten des Kleinstaates verstreut hatte. Seine Pinie in Ravello sah aus, als habe jene von Cézanne ihren Ort gewechselt, sei aus der Provence nach Kampanien gewandert. Oder besser: als sei Cézannes Pinie aus der in London gezeigten Leinwand im Nachhinein noch Wirklichkeit geworden. Vorahmung durchs Fiktive statt Nachahmung des Faktischen, das könnte er der Merkel mal erklären. Dass die Vorahmung der Wirklichkeit ihre Nachahmung ablöst, das hatte die Merkel wohl erst 2019 verstanden, der Philosoph Blumenberg aus Oldenburg in Oldenburg, seiner akademischen Heimat, schon früher.

Carolina? War das die Schwester des Emirs von Bahrar, dem Miss Marple die Panzerhaubitzen verkauft hatte? Die für die *Kartenspieler* Cézannes 250 Millionen hingeblättert hatte? Auch der Maler war beiläufig aufgestanden. Und fragte nun die Altkanzlerin mit einem leisen Kaiserstühler Brummen: »Wo ist denn der nette Sportsmann von eben?«, während beide Merkels begannen, den Treppenweg in Richtung Kloster hochzuwandern. Diese direkt aus dem Hotel hinaufführende Hohlgasse wurde beidseits von hohen Mauern flankiert. Und von feist glänzenden, regelmäßig gepflanzten Gummibäumen eigentümlich skandiert. »Kolb ist schon vorgegangen«, drehte sich die Merkel im Gehen andeutungsweise zu Merkel hin um, »mein Sicherungsmann seit 20 Jahren.« Inzwischen zeigten die Stufen mit leiser Neigung wieder nach unten. Der Professor war sogar zu Zeiten des neuen Wirtes aus Sorrent Stammgast der Villa Amore geblieben. Er wusste also genau, was er am Ende des Hohlweges sehen würde. Und freute sich wie jedes Mal darauf.

Die Altkanzlerin hingegen war bereits stehen geblieben, staunend. Aus alter Gewohnheit war sie rechtzeitig aufgebrochen, hatte daher Zeit. »Von den Schweizern lernen, nicht nur in Sachen Pünktlichkeit«, hatte sie ihrem Protokollchef auf den Kopf zugesagt, als sie mal wieder zwei Minuten vor Punkt am Besucherausgang des Kanzleramtes stand, aber der Protokollchef erst eine Minute vor Punkt angerauscht gekommen war. »Und nicht wie der Western-Wessi Steinbrück die Gäule durchgehen lassen«, hatte sie hinzugefügt.

Wie in der Schweiz sah es hier nicht aus, eher mediterran-asiatisch. Links das großzügig proportionierte Frauenkloster in üppigen Gärten. Vor ihnen ein großer Obst- und Gemüsegarten, in dem locker verteilt stehende Agrumenbäumchen und ein Mandelbaum blühten. Dahinter eine zackig geformte, zart und duftig kolorierte Felsenlandschaft, die Merkel an die kostbaren, uralten Rollbilder von Landschaften erinnerte, die sie einmal im Palastmuseum von Taipeh gesehen hatte, wohin sie gegen den ausdrücklichen Widerstand der Festland-Chinesen... Die rechte Hälfte des Hintergrundes war ebenfalls eindrucksvoll – mit den teils steil abfallenden, teils terrassierten Abhängen, die von mehreren überdimensionierten, teils zu Ruinen verfallenen Kirchenbauten besetzt waren. Wie eine Erfindung aus der Vergangenheit war das Zentrum der Aussicht durch diese semi-taiwanischen Felsklippen verzaubert, die mit hohen Zypressen und Kiefern bestanden waren. Reichlich Böcklin, dachte der Maler nüchterner – an den Basler Maler der *Toteninsel*. Auch die Altkanzlerin hatte ihre Strategien, die Verzauberung durch diese ungemein duftig und graugrün hingehauchten Riesenfelsen des Tales, das die Einheimischen Drachental nannten, zu neutralisieren.

Aber nicht durch einen Platzverweis an einen etwas abgeschmackten Schweizer Maler. Vielmehr sagte sie aufgeräumt, nach kurzem Schweigen, zur Dagonelli, die auf sie an diesem Punkt, dem Abzweig zum Hohlweg, gewartet hatte und die nun ebenfalls in das duftige Landschaftspastell schaute: »Naturschutzgebiete haben Sie ja hier, Frau Dragonelli, mitten in der Touristenregion der Amalfi-Küste, groß wie das Fürstentum Vaduz, alle Achtung. Mir haben sie eine Brücke mitten durchs Weltkulturerbe gebaut, per Volksentscheid, da hat sogar ein Anruf beim Landrat und dem Miniprä nichts mehr genutzt, obwohl mir der Tillich seine volle Unterstützung ... « Das Wort Volk nahm sie in den Mund wie eine zu heiße Teigtasche, beobachtete die Dagonelli. Die Altkanzlerin ließ den Satz abbrechen. Und wartete. »Wie ein Hauch«, sagte sie dann. Die Dagonelli sagte nichts. Und dachte still und heimlich: »Warte nur balde. Dann ruhest Du auch.« Durch dieses beredte Schweigen bestand sie die Probe Merkels ausgezeichnet. Offenbar eine perfekte Dolmetscherin, die ihr die Botschaft geschickt hatte. Fürstentum Vaduz (statt richtig Liechtenstein) schien sie ebenso zu verstehen wie »Landrat« und »Naturschutzgebiet«.

Merkel hingegen schluckte. Konnte die Merkel nicht einfach mal gucken? Schauen? Er blickte ostentativ weiter in die Ferne und unauffällig in die Nähe. Die Frau Dagonelli, die gefiel ihm. Du bist doch genauso wie die Merkel, dachte Merkel selbstreflexiv, kaum siehst du die Frau Dagonelli, denkst du an dein Betriebssystem, das Betriebssystem Kunst – während er innerlich die Porträts von Rosalba Carriera durchblätterte, an die ihn die Dagonelli erinnerte. Venezianische Pastellmalerin, hatte er in der Alten Pinakothek in München und in Winterthur studiert. Achtzehntes Jahrhundert, reiste von Hof zu Hof bis St. Petersburg, porträtierte Voltaire und Casanova, dozierte er unwillkürlich innerlich weiter. Du bist auch nicht besser als die Merkel, die beim Anblick der Dolmetscherin Dagonelli, die sie irrtümlich Dragonelli genannt hatte, doch bestimmt gleich an Oettingers Englisch dachte und an Schäubles »s'isch over«. So spekulierte Merkel innerlich. Allussionssysteme, so hatte das sein chinesischer Meisterschüler genannt. Allussionssysteme waren wichtig im Alten China, hatte der stets wollbemützte junge Mann in seiner Oldenburger Meisterklasse dargelegt. Damals hätten die chinesischen Maler, die gar keine Maler waren, sondern Literaten, beamtete Literaten, nicht etwa Land zu Landschaften zugerichtet und damit Holzplatten zugemalt. Nein, duftig kalligrafierend hätten die Literatenmaler ihr Land geschaffen, in ihren getuschten Landschaften. Nicht Land ab- und Bretter zugemalt. Sondern jahrhundertealte Abstraktionen und Formenformeln mittels sorgfältiger Atmung und Konsums uralten Tees wiederbelebt.

Gut, dachte er, die Merkel und die Dagonelli schauen noch ins Tal. Offenen Auges schweifte der Maler weiter ab, wieder nach China, wo er öfter lehrte: Kein Malen malen in diesem Fall. Sondern Nicht-Maler malen. Maler, die nicht Maler waren. Auch ein gutes Konzept, dachte er. Gern erinnerte sich Merkel an seinen Shanghai-Aufenthalt im sogenannten Topf. Dem Shanghai-Museum, dem ehrwürdig-topfförmigen. Das war voll mit dieser Art von »Malelei«. Hingehaucht mit Präzision, aber ohne klare Kante, große Klasse. Malerei malen und nicht einfach malen, wie Maler damals malten, munterte Merkel sich auf.

»Dagonelli, nicht Dragonelli,« nickte die Dagonelli der Altkanzlerin fröhlich zu, während sie sie gewinnend anlächelte. Nachdem das geklärt worden war, betrachteten Merkel und die Dagonelli weiter das Panorama. Er hingegen, er schaute nun mit dem Pokerface des Malers teils auf die Merkel, teils auf die wiedergeborene Rosalba Carriera, deren mehrfarbig gestreifte Bluse allerdings seiner zeitgenössischen Kollegin Bridget Riley alle Ehre gemacht hätte. Teils blinzelte er aber auch weiter auf die wie hingehauchten Klippen des Drachentales, die sich wie ein Vorhang aus geträumten Gebirgen vor ein lichtes Nirwana zu schieben schienen. Miss Marple tippte ihn am Ärmel. Aufbruch. Rosalba Dagonelli lächelte ihm verbindlich zu und wies ihn zugleich nach halbrechts, auf Kolb.

Der athletische Polizeioberrat war offenbar von seiner Vorerkundung zurückgekehrt. Aus einigem Abstand gab er der Altkanzlerin ein dezentes Signal. Dieses Gebirge, die Dagonelli und die Mutti simultan abmalen? Echt, das haut den stärksten Velázquez um, dachte Merkel: Und Kolb, den kann man nicht malen, der ist so sehnig. Das konnte nur der Schiele, und Schieles Gemälde sind Malerei, keine Kunst.

Wir sollten den Pater nicht warten lassen.« Damit begann die Merkel loszugehen. Amüsiert blickte Merkel auf Merkel und dessen Künstlerkluft, deren uniformes Schwarz sie andernorts an den existenzialistischen Einheitslook aller Architekten über 50 erinnert hätte. Hier erinnerte sie das monochrome Schwarz des Malers eher an das Schwarz der Kluft des Paters, der sie erwartete.

Maler Merkel war öfters in Ravello. Immer Hotel Villa Amore. Er kannte den Durchgang zum Kloster gut. Der war weder ländlicher Weg noch städtische Straße. Nur gassenbreit, nicht asphaltiert, sondern ansprechend betoniert. Angenehm offenporig, stabil genug für die kleinen Benzin- und Elektrowägelchen, wie sie zum Transport von Waren und Touristengepäck seit einigen Jahrzehnten in Gebrauch waren. Als Maultier- und Eselersatz. Der Hohlweg zum Kloster, obwohl auf aussichtsreicher höchster Hügelkuppe, wurde links und rechts durchgängig von verputzten Mauern eingerahmt. Bescheuert, gemauerte Scheuklappen, kalauerte Merkel innerlich. »Erkenne die Lage!« Das schien bei so einem Korridor-Konzept nicht möglich. Daran war Bruce Nauman erfolgreich gescheitert; der hatte die Scheinbarkeit von Alternativlosigkeit nicht verstanden. Wie die Merkel. Josef Albers' Bauernschläue: »Nur der Schein trügt nicht«, die war dem fremd, dem

Nauman, dachte er. Bruce, auch so ein Beuys. Beruhigend, dass er sich auskannte hier, dachte der Maler: Alternativen existierten zu dieser Gasse durchaus, deren einstiger voluminöser Widerpart, ein heute fast verschwundenes Stadtviertel, während der Zerstörung durch Pisa und in den Jahrhunderten danach eingeebnet worden war. Denn von Spaziergängen unterhalb des Hotels wusste er: Es gab außerdem eine tiefer gelegene, moderne Straße, um zum Kloster zu gelangen. Aber auch in sich bot der Höhenweg interessante Alternativen. Abwechselnd wurde er von städtischen Mauern oder von ländlichen Mauern eingefasst. Teils von bauch- und brusthohen Mauern, die Blicke auf Gärten und Beete eröffneten – mit weiten Hintergründen von Bergen, Himmel und Meer. Teils von städtisch anmutenden Mauern, die wirkten dagegen unüberwindbar hoch. Als Hausfassaden oder vor verwunschenen Gärten als Blickdichtung hochgemauert. Gelegentlich ein Tor als Öffnung zu einem Garten mit Lauben und Rebenspalieren.

Ein paradoxer Raum, eine Gasse im Freien. Anonyme Erbauer, ambivalente Konstruktion wie bei M. C. Escher, dachte Merkel, aber nicht so kitschig. Eine Gasse im Freien, mit hohem Himmel und weiten Panoramen, ohne die Enge städtischer Gänge. Da auf dem obersten Grat einer Landzunge angelegt, bilanzierte der Maler seine Gedanken. An diesem Weg, genau in der Mitte zwischen dem Ortskern und dem Eingang zu ihrem Ziel, den Gärten der Villa Cimbrone, befand sich die Vorhalle von Padre Francescos Klosterkirche. Nur hier öffnete sich die ummauerte Gasse zu einem städtischen Raum, einem kleinen, großzügig überdachten Platz des Verweilens, eben auf das Atrium. Ein Rastplatz, Ruhe- und Treffpunkt. Für Einheimische und Gäste. Dort würde sie Pater Francesco erwarten.

Meister paradoxer Zwischenräume waren die byzantinischen Baumeister gewesen, erinnerte sich Maler Merkel in behaglicher Erwartung der schattigen Vorhalle, die sie bald erreichen würden. Vom Weg aus würden dann Schatten und gemauerte Sitzbank einladen. Deren Lehne ersetzte die ebenfalls weißgetünchte Kirchenfassade. Im Inneren der Vorhalle bemerkte man erst, so erinnerte sich Merkel beim Gang durch die frische Morgenluft und den schon warmen Sonnenschein, das hohe, großzügige Gewölbe und die schlanken Granitsäulen – Fragmente römischer Tempel oder Luxusvillen. Noch nicht ganz dort angekommen, gingen beide Merkels weiter nebeneinander, schweigend. Eine Zeitlang hingen sie ihren Gedanken nach. Eine Atempause vor der Begegnung mit dem Gottesmann, der Maler Merkels Ästhetik vor große Herausforderungen stellen könnte. Jedenfalls erinnerte sich der Maler an ein Gespräch mit dem Pater während eines Urlaubs vor drei Jahren, bei dem Don Francesco allen Ernstes, mit Berufung auf Kant, von »interesselosem Wohlgefallen« an der Kunst gesprochen hatte. Merkel war nämlich schon einmal im Büro des fitten Mönchs gewesen. Weil der auch die Bibliothek des Klosters leitete. Padre Francesco hatte damals mit Merkel, von besagter Vorhalle aus, den Vorplatz der Klosterschule durchmessen, um ihm, in seinem Büro angelangt, eine Erstausgabe zum Studium im benachbarten Lesezimmer auszuhändigen. Einen Erstdruck von Pergolesis *Stabat Mater*, dessen Studium hatte ihm der Kollege Zeisig, der Kunsthistoriker empfohlen. Der kannte nicht nur den Online-Katalog der Bibliothek, der hatte dort selbst schon Noten gelesen, erinnerte sich der Maler, im Urlaub. Das verband.

Der Maler hoffte auf eine Mafia-Hochzeit. Die Vorhalle der Klosterkirche war zwar noch nicht in Sicht. Aber Bilder, Erinnerungen, flüchtige Eindrücke von samstäglichen Hochzeitsfesten aus vergangenen Urlauben schossen ihm durch den Kopf. Schade, dass heute Freitag war, nicht Samstag, der Tag der Hochzeiten. Denn das schönste Nachtblau war das tiefe Machtblau neapolitanischer Anzüge und neapolitanischer Kostüme. Keinesfalls Schwarz durfte bei diesen Hochzeiten getragen werden, das war Merkel bei seinen vorherigen Ravello-Urlauben klar geworden. Sondern ein sagenhaftes Dunkelblau, das sich vorteilhaft vom jährlich frisch getünchten Weiß der Vorhalle abhob, hinter der das Sakrament gespendet würde oder bereits gespendet worden war. Midnight Blue. Dies Blau ging in der Dunkelheit des Kirchenschiffes wahrscheinlich unter. Aber in der hellen Vorhalle: top. Lässiges Stehen, höfliche Aufmerksamkeit, Eleganz. Schmale Streifen helleren Blaus im Tiefstblau mancher Stoffe. Wie in Barnett Newmans Gemälde *Midnight Blue*, freute sich der Maler, seinem Lieblingsbild, in Köln. Angst schienen die keine zu haben, diese Mafiosi (wie er annahm). Auch nicht ihre ebenfalls recht schicken Bodyguards (wie er richtig riet). Dressmanverdächtig. Sie hatten keine, aber sie machten Angst, die Hochzeitsgäste. Dezent, aber sublim, eigentlich ein Widerspruch. Keiner wäre auf die Idee gekommen, eine solche Hochzeitsgesellschaft durch einen Besichtigungsbesuch oder auch ein Gebet in der Kirche zu belästigen. Dazu brauchten die kein Schwarz, anders als diese Pfaffen, schmunzelte der Maler und schaute an seiner Künstlerkluft hinunter. Auch die Merkel trug nicht Schwarz, anders als die SPD-Frontfrauen. Die Merkel hatte ein Farbgespür, ortsspezifisch, klasse. Formal monotonst durch Wiederholung, ihre Blazer, aber farblich abwechslungsreich. Und heute, vom Blauton her, als hätte sie's gewusst: mittelblau. Mitternachtsblau light. Den Einheimischen nicht die Schau stehlen. Die Merkel lächelte ihn knapp an: »Da sagte mir doch mal der Berlusconi, seitdem wir die Mafia-Bankkonten bei unserer Commerzbank eingefroren hätten, sei die Hotellerie am Golf von Neapel nicht mehr ausgelastet. ›Das können Sie doch nicht bringen, Angela.‹«

Gibt's nicht gibt's nicht, sagte sich der Maler. Nein, er rief es sich innerlich zu, als er den Pater nicht in der Vorhalle, sondern einige Meter davor warten sah. Also eine Hochzeit am Freitag, auweia. Schwarzer Abt, so hatten sie ihren Mathelehrer genannt, der trug aber auch andersfarbige Kombinationen von Schlaghose und Polyester-Oberhemd mit Pullunder: Grüner Bogenschütze, Roter Korsar, immer mit den farblich passenden Clogs. Solcher Grusel war weit, seufzte der Maler in die klare Morgenluft. Er blieb hinter der Kanzlerin stehen, die sich dem Pater und seiner etwas altertümlichen, aber klaren Artikulation der deutschen

Sprache zuwandte. Maler Merkel schaute harmlos auf die Vorhalle. Da er warten musste, innehalten musste, hatte er einen einmaligen Vorwand, mafiaaffine Gruppenbilder mit Damen zu beobachten. Soviel Nachtblau am hellen Tag war nie. Ein klares Statement, fand Merkel. Seine Gedanken schweiften ab, zu anderen byzantinischen Vorhallen. Meister paradoxer Passagen, ambiger Übergangsräume waren die Byzantiner gewesen, knüpfte er an seinen früheren Gedanken an. Seine Favoriten waren die mosaizierten Vorhallen der Chora-Kirche in Istanbul, die er mit seinen Studierenden gerne per Exkursion besuchte. Und natürlich die inneren und äußeren Vorhallen der Hagia Sophia, die waren natürlich prächtiger, aber nicht weniger ambivalent. Ein Macher, dieser Justinian, wie diese Mafiosi hier, aber mit noch universalerem Anspruch. Und offiziellerem. Der Justinian, der hatte nicht im Bergstädtchen geheiratet, der war ein echter Architekt, als Bauherr der Hagia Sophia: »Ich habe dich, Salomon, übertroffen«, hatte er bei der Einweihung verkündet. Hammer. Das hatte der Kaiser bei seinem Einzug in die Hagia Sophia, mit ihrer Riesenkuppel, die jeden Moment einzustürzen drohte, gesagt. Und wohl recht gehabt. Justinians Hofhistoriker, diese Hofschranze der Architekturbeschreibung, hatte Justinian später als Schuft dargestellt, in seinen *Anekdota*. Das hatte ihm der Zeisig während einer Sitzungspause des akademischen Senats erzählt. Da ging er mit den Studierenden in Istanbul immer am ersten Tag hin, zur Hagia Sophia. Schon die Vorhallen: weltliche Pracht, Vorbild unzähliger, nur halbprofaner Hallen des Historismus, von Hauptbahnhöfen und Badehallen, von Foyers und Börsensälen. Von Macao bis Baden-Baden und Neuschwanstein, weil großzügig-gastfreundlich und zugleich sakrale Aura, einmalige Mischung. In einer der Vorhallen-Emporen der Sophienkirche, da hatte sich ein späterer Kaiser, auf einem golden schimmernden Mosaik, mit einem dicken Geldbeutel in der Hand darstellen lassen. Direkt neben Maria. – Während die Mafiosi hier, in Ravello, ihre Geldscheine penibelst gefaltet oder in den Lacktäschchen der Damen versenkt haben mussten. Denn da trug nichts auf, da störte keine Ausbeulung die eleganten Konturen der Maßanzüge. Die waren in den Hotelsuiten von den Kindermädchen frisch aufgebügelt worden.

Der Pater erzählte die Baugeschichte von Kirche und Kloster, während sie durch einen schmalen Eingang auf den Estrich des Sportplatzes traten, den die Niedersachsen bereits neugierig inspiziert hatten. »Klosterschule«, erklärte der Pater, »einzige Schule am Ort. Katholischer Himmel«, blinzelte der Pater in die Luft. Langsam wurde es der Merkel zuviel, sah Kolb an ihren Mundwinkeln. »Gehen wir durch den Seiteneingang in unsere Kirche«, wies der Pater weiter, »dann durchs Seitenschiff ins Kloster. – Wir dürfen das«, lächelte der Pater etwas anzüglich, fand Maler Merkel, der sich das, wie jeder andere Erdenbürger mit Verstand und ohne Priesterweihe, zu diesem Anlass nicht getraut hätte.

Schon von außen hörte das Grüppchen nun das etwas

tapsige Ergebnis der Fußbewegungen des betagten Dorforganisten: den Beginn von Bachs *Passacaglia*, sicher zum Einzug von Braut und Brautvater. Merkels Blick traf kurz Merkels Blick. Beide lächelten über die hochgezogenen Augenbrauen des jeweils anderen: Bach, der berührte sie offenbar beide. Bleiben wir ein wenig stehen, entschied die Altkanzlerin. Auch der Pater und Kolb waren bereits in den Schattenstreifen vor dem Seiteneingang eingetreten. Kolb ging vor ihnen hinein. Entspannter als üblich. Denn er war sich sicher, die Kollegen aus der Privatwirtschaft, die hatten den Kirchenraum samt Beichtstühlen und Sakristei bereits einer gründlichen Prüfung unterzogen.

Do – dooo, do – dooo, dodo, do, do ... hätte der Maler fast mitgesummt, mit den brüchigen Orgelpfeifen, während der Pater die Hände andächtig vor seinem schwarzen Jackett kreuzte – und die Merkel, Raute, eh' klar, konstatierte Merkel. Nur die Dagonelli, etwas unaufmerksam, fand der Maler, die hörte privat sicher U-Musik, spekulierte er. Und untergründig wurde auch die Musik, gruselte es ihn. Die Töne tauchten jetzt ab, unter den ohnehin tiefer gelegten Horizont des Bassthemas. Von einem gewissen Raison aus Paris hatte der Bach diese Melodie abgeschrieben: Do – dooo, do – dooo, dodo, do, do ... brummte die schwachbrüstige Orgel tapfer. Und nun: Tauchten die Töne weiter ab. Da hatte der Bach keine Kathedrale aus Kontrapunkten hochphantasiert über seinem Bassthema, das Raisons Erfindung war. Vielmehr untergrub Bach dieses scheinbare Fundament schon in den ersten Variationen, wie unter Wasser tönend klangen die tiefen Seufzer aus den Bleiflöten. Eine Unterwasserkatakombe aus Tönen. Die nächste Variation über Raison tauchte noch tiefer ab. Vom Meeresgrund aufsteigende blaue Riesenamöben sah er vor seinem inneren Auge. Dem Maler wurde leicht schummrig, als er mit der nächsten Variation in die dunkle Unterwelt einzusinken schien. Die Orgel begleitete den feierlichen Einzug von Braut und Brautvater, wusste der Pater.

Auftauchen ließ der Bach seine Melodien nicht mehr über den Horizont des Themas. Maler Merkel dachte an die Toten, während der Pater durchs Kloster führte und die Musik leiser wurde. Die Klosterräume selbst waren langweilig; beinahe alles war entfernt worden, was nicht nach 08/15 und Zweckmäßigkeit aussah. Nur einige Bücherregale und die alten Tische waren schön, da machten die Oberschülerinnen und -schüler nachmittags Hausaufgaben, berichtete der Pater. Katholischer Himmel, so eine Schei...be, dachte der Merkel. Bitter, da spiegelt sich dieser blaue, dieser gleichgültige Himmel im Meer, und es entsteht dieses einmalige Blau; darunter Tote, sann der Maler weiter. Schönheit macht blind, sagte er als Professor manchmal. Er schlenderte dem Trüppchen hinterher, das über den klösterlichen Bolzplatz zum Höhen-Hohlweg zurückkehrte, Richtung Park. Das Grün der Villa Cimbrone, das sie nun ansteuerten: herrlich – so versuchte der Maler seine düsteren Gedanken zu verscheuchen. Den Ausblick von dessen Belvedere, dem schönsten der Küste, auf eine Unendlichkeit von Himmel und Meer, den hatte die Merkel nicht verdient: Ein unendlich scheinender, aber beschämend endlicher, dazu unendlich schöner Friedhof. Diese wegen ihrer Schönheit umso deprimierendere Aussicht hatte die Merkel nicht verdient, denn sie hatte versucht zu helfen, im ungarischen Sommer.

Von wegen: alle in einem Boot. In der absehbaren, aber lange verdrängten Notlage hatte die Merkel sich plötzlich entschieden. Weil's in dem Moment nur unmenschliche Alternativen gegeben hätte. Der Unterstaatssekretär, der zuvor das Geld für die Verköstigung in den jordanischen Flüchtlingslagern eingespart hatte, der hätte Alternativen gehabt. Oder hatte das die Merkel gewusst und durchgewunken? Unwahrscheinlich.

Die Orgel war nicht mehr zu hören. Maler Merkel spielte das Stück im Kopf weiter, bis er es nicht mehr zu Ende führen konnte. Auch Kolb war kaum noch zu sehen. Altkanzlerin und Pater gingen ins Gespräch vertieft zügig in Richtung Park. Die brauchten keine Dolmetscherin, die Sprachkenntnisse des Paters waren offenbar exzellent.

Eine niedrige Gartenmauer öffnete den Blick, wieder auf das Tal des Drachens und das Meer. Geflüchtete, sagten seine Studierenden. E *pluribus unum*, aus Vielen Eines, das war nicht sein Ding. Der Spruch Voltaires, »Wenn es Gott nicht gäbe, dann müsste man ihn erfinden«, der hatte einiges für sich, aber der vereinfachte Übertypus der »Geflüchteten«, der war ihm zu einfach: Flüchtlinge vor schlimmer Verfolgung und Armut; Einwanderer mit und ohne Mittel und der Hoffnung auf ein besseres Leben; aber auch IS-Rückkehrer und Terroristen, die unbemerkt einreisen wollten. Alle in einem Boot. Aber unterschiedlichste Leute, auf die das gleichmacherische »Geflüchtete« nicht immer passte. Zuwanderer und Zugewanderte, so nannte sie eine Broschüre des Magistrates von O., die er kürzlich in die Hand bekommen hatte. Das war eine schöne Lösung, erinnerte ihn aber zu sehr an die positiven Aspekte, die dem Wandern in der Romantik zugeschrieben worden waren, an Wanderlust und Wanderferien.

Die Dagonelli, die etwas hinter Merkel und dem Pater zurückgeblieben war, blieb stehen und drehte sich freundlich um. Bevor Maler Merkel sie erreicht hatte, lächelte sie: »Ich dachte schon, Sie seien vor uns geflüchtet.« »Geflüchtet?«, fragte Merkel zurück, »ich hoffe, Sie haben keinen Grund, zu mir zu flüchten.«

Der kurze Abstecher zum Zitronengärtchen, das Carlone tagsüber bewohnte und bewachte, hatte sich gelohnt. Die beiden ummauerten Agrumenterrassen waren bestens gelegen und aus Sicht eines Hundes sicherlich bestens ausgestattet, mit Wassertrog, schattigem Hundehäuschen und Beißspielzeug. Während sein Herrchen, der Bürgermeister des Ortes, im Rathaus saß oder Termine wahrnahm, hatte Carlone hier tagsüber seinen Auslauf. Lage und Anlage waren jedenfalls in den Augen des deutschen Touristengrüppchens ganz besonders idyllisch. Ein Umweg von nur wenigen Metern, aber ein Ausflug in eine jahrtausendealte, scheinbar zeitlose Gartenwelt zwischen Nutzfläche, Hain und Augenweide. Der Exkurs hatte sich gelohnt, obwohl auf den kurzen Abstieg ein längerer, da steiler Aufstieg folgte.

Wenig später nickte die Kassiererin aus dem Pavillon am Eingang zum Garten der Villa Cimbrone dem Maler zu. Als einem alten Bekannten. Und wies zugleich anerkennend auf die Merkel, deren mittelblauer Rücken in ihrer Sicht schon bald im Halbdunkel der riesigen Pergola verschwand, die den Weg zur sogenannten Terrazza dell'Infinito, also der Terrasse der Unendlichkeit, komfortabel überschattete.

Als Maler Merkel etwa die Mitte dieser Pergola erreicht hatte, sah er, wie Merkel und der Pater kurz in die helle Sonne und dann in den offenen, gemauerten Pavillon am Ende der langen, malerisch überwachsenen Pergola eintraten. Rechts öffnete sich das berühmte Belvedere: eine riesige Terrasse, die sozusagen in Luft und Leere ragte, nur durch eine niedrige Brüstung von Himmel und Meer getrennt. Auf der Brüstung weiß schimmernde Büsten minderer Machart, aber noch aus dem Königreich beider Sizilien, dilettierte der Maler in Kunstgeschichte. Die Terrasse war, mittels unsichtbarer Unterkonstruktionen, direkt auf und über eine nun ebenfalls unsichtbare Felsspitze gesetzt worden. Die Unterbauten dieser Blickplattform beherbergten, wie der Professor wusste, eine kleine, exzellent bestückte Kaffee- und Weinbar. Padre Francesco wies auf eine mittige Ausbuchtung der langgestreckten Terrasse, die gefährlich exponiert über dem Abgrund zu schweben schien. Blau des Himmels oben und Blau des Meeres unten. Dessen Blau nur Spiegelung. Yves Kleins Satz kam dem Maler in den Sinn: »Ich möchte den Himmel über Nizza signieren.«

Rechts lagen zum Meer abfallende Berge, waren Terrassengärten und dahinter bewaldete Täler zu sehen. Eine entfernte Ruine faszinierte den Blick, umgeben von Zypressen wie von einem archaischen Hain. Schon wieder Böcklin, dachte Merkel.

Merkel kehrte in die Realität zurück: »Sind Sie schwindelfrei?«, fragte er die Merkel. Letztere löste sich langsam vom Anblick der Berge, der Zitronenterrassen und Weinberge, der Villen und ihrer Buchten, der kristallklar türkisen Küstengewässer und der hohen See tief vor ihnen. »Nein. Seit der Lehman-Pleite nicht mehr.« Zugleich trat die Dagonelli vorsichtig heran. Hinter ihr der Pater, der in seinem schwarzen Habit inmitten von so viel Licht wie ein Pate aussah, fand Maler Merkel. »Padre Francesco möchte sich verabschieden«, erklärte die Dagonelli, »um 11 Uhr besucht ihn ein Programmierer aus Salerno, der ehrenamtlich die Online-Katalogisierung der Bibliotheksbestände des Klosters betreut.« Ein angenehmer, ein sympathischer Mann, dachte die Merkel, der seine Pläne auch wegen mir, der früheren Bundeskanzlerin, nicht verschiebt. Und warf Merkel einen freundlichen Blick zu, bemerkend, dass der Maler, trotz seiner schwarzen Existenzialisten-Tracht, ähnlich dachte.

Plötzlich ein Schuss. Dem Pater fällt der Hut vom Kopf. Kolbs Schrei: »Exit! Grotte!« Der dumpfe, harte Gegenschuss eines der Niedersachsen. Und schon hört das hinter eine Hecke abgetauchte Grüppchen das Aufheulen eines Motorrads auf der sonst völlig unauffälligen Zubringerstraße zum Park. Merkel und Merkel, die Dagonelli und der Pater erheben sich aus ihrer ungeplanten Deckung. Kolb ruft, schnell nähergekommen, nochmals: »Evakuierung Grotte!«

Kolb hatte, wie bei jeder Reise der Kanzlerin und nun der Altkanzlerin, für Notfälle einen Fluchtplan beschlossen und seine jungen Mitarbeiter instruiert. Auch der Professor kannte die Grotte und den geschützten Seitenweg an der von Pergola und Park nicht einsehbaren Flanke zum Drachental bereits. Und der Pater natürlich auch, er war in der Nähe aufgewachsen. So folgten die Merkel und der Maler dem Pater und der Dolmetscherin hastig, aber äußerlich unaufgeregt. Kolb ging weit voraus, inspizierte wahrscheinlich bereits die künstlich ausgehöhlte Höhle. Wenn die Neustoa eine Leitfigur für das 21. Jahrhundert brauchte, dann die Merkel, La Merkel, wie meine Landsleute sagen, dachte der Pater. Sein Herz schlug hingegen schneller, als es die zweihundert Meter Treppenwege zur Grotta di Eva verursachten. Kolb wies hinein. »Wir werden hier den Lagebericht meiner MitarbeiterInnen abwarten.« »Mitarbeiter*innen«, dachte die Merkel, verharmlosende SPD-Sprache für die taffen Kämpfer von der GSG-9-Akademie. »Mitstreiter wäre in diesem Fall besser«, dachte der Maler, der die Skulptur einer Eva betrachtete, die in der Mitte der Höhle ausgestellt war. »Nun sitz' ich in der Grotte bei dieser Kitsch-Nymphe aus dem 19. Jahrhundert.« Er konnte die Merkel also nicht in die Bar unter dem Belvedere führen, die einen eigenen Ausblicksbalkon besaß und eine herrlich ruhige Rasenfläche unter Pinien mit weiß gedeckten Cafétischchen. Sicher der schönste Rastplatz der Küste. Und er konnte ihr nicht die Prachtvilla Gore Vidals von oben zeigen, des Schriftstellers und betuchten Freundes von Al Gore, des ehemaligen Vizepräsidenten. Und auch nicht die herrlichen Akanthus-Pflanzen vor der Grotte, die Maler Merkel im Augenwinkel wahrgenommen, für die er sich aber nicht anzuhalten getraut hatte.

»Kunst macht blind. Henri Matisse hatte seine Besucher gefragt, ob sie den Akanthus an der Straßenböschung gesehen hätten«, berichtete er in der Grotte flüsternd der Dagonelli: »Niemand hatte ihn gesehen; alle hätten die Bärenklaublätter an einem korinthischen Kapitell bemerkt, aber die Erinnerung an das Kapitell hinderte sie, den Akanthus in der Natur zu sehen.« Das hatte Matisse gesagt, recht hatte er, Nachahmung macht blind.

Kolb lauschte dem neuesten Lagebericht der Jungens aus seinem albernen Ohrstöpsel. Streng sah er den Pater an: »Pastor Franziskus«, sagte er, halb an den Padre und halb an die Dagonelli gewandt, »Pastor Franziskus, galt der Anschlag wirklich Ihnen und nicht der Frau Bundeskanzlerin?« Die Salernitaner Kollegen hatten den Rollerfahrer gestoppt. Sie hielten ihn, offenbar ein Einzeltäter, für einen mittelbegabten Berufskiller aus den Slums um den Vesuv. »Kennen Sie Gründe, Pastor Franz, warum der Anschlag Ihnen galt?«, fragte Kolb den Padre über die dolmetschende Dagonelli. »Meine Absage an Cetara«, sagte der Pater. Aha, Cetara, das kulinarisch bedeutsame Thunfisch-Dorf, das kannte der Maler von seinen Fahrten nach Salerno. Es schloss den Bogen der Orte der Amalfi-Küste ab.

Der malerische Küstenort zehrte von früherer Prominenz und Prosperität durch mittlerweile politisch inkorrekte Thunfisch-Hatz zur jährlichen Tonno-Saison. Heute besaß er neben einer kleinen Thunfisch-Dosierungsanlage ein nennenswertes Fischrestaurant, das Merkel mit seinem Spürnäschen sofort erschnuppert hatte, bei seinem einzigen, aber lohnenden Aufenthalt. »Sind Sie ein Pate, Pater?«, unterbrach seine kulinarischen Gedanken Kolb, den die Chefin, Contenance einfordernd, an den Arm fasste.

»Nein«, erklärte der Pater, »Cetara ist die traditionelle Hauptstadt, besser, das Hauptdorf des lokalen Mafia-Clans, der den Golf von Salerno, Sorrent und die Ebene von Paestum unter seiner ›Obhut‹ hat«, übersetzte die Dagonelli die maliziöse Ironie des gebildeten Paters etwas zu förmlich. »Eigentlich agiert der jetzt von Salerno aus, der Cetara-Clan. Vergleiche ›München und Freising‹ und ›Rottenburg-Stuttgart‹«, erklärte der Pater, »da geht's auch um München und Stuttgart.« Einmal, so der Pater, habe er kürzlich eine Mafia-Hochzeit abgelehnt: »Ich bin von einer Wedding-Plannerin (die Dagonelli beließ den Anglizismus) angerufen worden. Nicht vom Vater des Bräutigams, wie das üblich ist. Nein, von der Hochzeitsplanerin.« Die habe ihn gebeten, ein schneeweißes Messgewand zu tragen bei der Durchführung der Hochzeit. Denn, die Stimme des Franziskaners gewann nun an Fahrt, so habe ihn diese Wedding-Intendantin informiert, die Hochzeit sei zwar Mitte Juni vorgesehen, aber das Motto sei: »Weiß wie Schnee«.

Schnee. Da war der Padre baff gewesen, dachten beide Merkels simultan, da beide die allegorische Dimension von Schnee schon erfasst hatten, bevor der Pater fortfuhr. Die Kathedrale von Salerno war dann auch wirklich mit schneeweißen Pfingstrosen dekoriert, sogar der spätbarocke Altaraufsatz mit schneeweißen Mairöschen überzuckert worden zum sommerlichen Vermählungsgottesdienst, übersetzte die Dagonelli tüchtig weiter. Das Brautkleid nicht eierfarben, sondern schneeweiß. Weiße Hochzeitskerzen. Dresscode der Damen: weiß. Messdiener: ohnehin weiß. Weiße Stretch-Limo, dolmetschte die Dagonelli wacker, ohne mit der Wimper zu zucken wegen der monotonen Weiß-Wiederholungen. Als wollte sie eine Ausstellung von Gemälden von Robert Ryman beschreiben, merkte Maler Merkel innerlich an. Dann der Speisesaal in Cetara: »Alles ganz in Weiß«, hatte ihm, Padre Francesco, die Planerin erklärt und begeistert die bisherigen Vorbereitungen und Pläne beschrieben: am Eingang ein von ihr ersonnenes dreidimensionales Eiskristall – ein mit Swarovski-Kristallen übersäter 3-D-Ausdruck aus Polyester. Tischkarten aus Amalfi-Bütten, mit Eiskristall-Deko. Kühlweiße Platzteller eigens angefertigt in Vietri, umrahmt von gestanzten Papierspitzenrondellen kristalliner Ornamentik, vom Hoflieferanten des norwegischen Königshauses, per FedEx, übersetzte die Dagonelli heiter konzentriert.

»Und er als Priester mittendrin? Nein!« Da habe er erstmals im Verlauf seiner priesterlichen Tätigkeit die Schließung einer Ehe abgelehnt. Zumal er gewusst habe, was die geschäftstüchtige Wedding-Plannerin nicht wusste, aber hätte wissen können: Tonnino, wie der Vater der Braut in Anspielung auf die dem Tonno, dem Thunfisch gewidmete Vergangenheit seines Geburtsortes Cetara genannt wurde, war, da Salerno mit seinem Containerhafen in sein Gebiet fiel, einer der führenden Händler Italiens. Mit jenem kostbaren Kunstschnee, der in verschiedenen Varietäten als Kokain, Heroin, Crack und als diverse Designerdrogen die Haupt-, Provinz- und Landstädte Italiens und Zentraleuropas betaubte. »Sozusagen bestäubte«, versuchte die Dagonelli ein Wortspiel des Paters zu übersetzen. Der Pate, also der Brautvater, eben der korpulente Tonnino, dem war offenbar seine Macht am Ort trotz Drogenabstinenz zu Kopf gestiegen. Als er das winterliche Thema gewählt hatte für die sommerliche Hochzeit seines blütenweiß gewandeten Töchterchens mit dem Sohn des Agro-Clans von Benevent. Jedenfalls hatte Tonninos Hochzeits-Agentin, jene Wedding-Plannerin, die der Pater bereits bei stilvolleren Hochzeiten alter Camorra-Clans in seiner altehrwürdigen Kirche hatte kennenlernen müssen, nichts verstanden von den sinnbildlichen Qualitäten der von ihr beauftragten Plätzchen in Gestalt von Schneekristallen. Und des großen Schnee-Kristalls, als das sich eine monumentale Limonen-Sahne-Torte präsentiert hatte (wie er nach der Hochzeit gehört hatte). Sogar ein Carpaccio von weißem Thunfisch von Cetara (in Wirklichkeit ein tunesischer Fang) wurde in einem flusssäuregeätzten, modularen Schalen-Ensemble angerichtet – einer Design-Ikone aus Malmö. Vintage, die Schalen hatte die Wedding-Plannerin in Dänemark geordert. In der Draufsicht von der Empore des Ballsaales ergaben sie ein Schneekristall. Das hatte ihm einer der Hausaufgabenschüler aus der Klosterbibliothek erzählt, der bei der beauftragten Catering-Firma jobbte.

Der Pater ahnte die Geschäfte des Paten. Er blickte hinter seine blütenweiße Weste und kannte einige Jugendliche, die sich mit Tonninos Schnee versorgt hatten. Sie waren nun in Elendsquartieren von Salerno oder Neapel abgetaucht oder bereits verschollen. »Und nun hat der halt seinen Assi geschickt, den 1B-Attentäter, dieser Thunfisch-Typ«, kürzte Kolb die Milieustudie des Priesters ab.

Merkels Gedanken schweiften in seine Karlsruher und Stuttgarter Zeiten ab. In das Karlsruhe der 80er Jahre, wo er bei späterhin weltberühmten sogenannten Malschweinen wie Baselitz und Lüpertz (in Wirklichkeit gebildeten Kollegen) hätte studieren können, aber bei dem sogenannten Malmönch Kirkeby studiert hatte (durchaus ein virtuoses Malschwein, um in dieser albern binären Terminologie der damaligen Akademieflure zu bleiben). Auch der ein gebildeter Kunstkenner, dieser Kirkeby, gesprochen Kirkebü, der Bände über mittelalterliche norwegische Stabkirchen schätzte. In den Karlsruher Meisterklassen, da war wohl auch einiges von Tonninos Blütenstaub angekommen. In ästhetischer Hinsicht war es damals nicht Karlsruhe gewesen, sondern Stuttgart, das den Kult des Weiß pflegte, nicht nur mit Walter de Marias kalk- bis bergkristallweiß glitzernder *5 Continent Sculpture* oder noch mit den hochglanzpolierten Wänden der Karin Sander in der Neuen Staatsgalerie. Diesen postmodernen Museumstempel hatte damals die Iris Ingram mit Unterstützung von Späth zu einer Art Akademie des Konzeptuellen und der ironisch-kritischen Selbstbespiegelung gemacht. Während die NRW-SPD, monologisierte Merkel stumm, einen großbürgerlichen Sammelstil gepflegt hatte in ihrer schwarzen Riesenrobbe am Grabbeplatz, sehr schöne Gemälde, klasse, top. Großbürgerlich wie in Winterthur oder Basel, nur nicht ganz so stilvoll. Aber dass der Gründungs-Kurator der Riesenrobbe ein Buch über das Pferd in der Kunst hinterlassen hatte, während die Ingram nun, im Ruhestand, eine Monografie über eine monochrom weiße Skulptur von Bernini schreiben soll, das sagte so einiges über die Niveau-Differenz aus, fand Maler Merkel. Dass Späth dann über einen Pony-Skandal gestolpert war, wies dann doch Parallelen mit den Düsseldorfer Regressionen auf, sinnierte Merkel beim Blick auf die Riesenfarne vor der Grotte.

»Vorschlage Fußmarsch Küste, Frau Bundeskanzlerin«, unterbrach Kolb die baden-württembergischen Selbstbespiegelungen Merkels. Und leiser, so dass es der Maler gerade noch hören konnte: »Nur kleiner Spaziergang, Chefin. Täter verschwunden. Im Park aber kleines Restrisiko, theoretisches. Außerdem wurde der Grantl am Eingang gesichtet, der Reporter, der macht Urlaub im Palumbo.«»O.k., Herr Kolb«, kommentierte die Merkel ungewohnt umständlich. Sie schaute zum Pater: »Sie machen mir Sorgen, Pater. Kolb und ich, wir haben ja zusammen mit Kolbs Kollegen schon einige Beinahe-Attentate überstanden. Aber Sie sind hier nicht mehr sicher.« Und dann fuhr sie fort – sozusagen mütterlich, wenn das nicht zu abgedroschen wäre, befand Kolb: »Wir finden was für Sie, der Kardinal Wille und ich, es muss ja nicht gleich der Wintersportbeauftragte der Bischofskonferenz sein«, witzelte die Merkel in ihrem leicht maskulinistischen, dezent blauen Hosenanzug. Der konnte zur Not auch als Küsten-Khaki einer Wanderurlauberin durchgehen, taxierte Kolb. Mit der Baseball-Kappe: Tarnung fast perfekt.

»Wohin, Kolb?« Die Altkanzlerin hatte zu alter Prägnanz zurückgefunden. »Anatri, kleinste Gemeinde Italiens«, antwortete Kolb mit dem Charme einer GPS-Ansage. Auweia, dachte Maler Merkel. Beschwerlicher, aber schöner Weg durch herrliche Terrassengärten, dann unter dem dramatischen Felsüberhang des Belvedere, vorbei an der steil abfallenden Gartenmauer von Gore Vidals einstiger Prachtvilla. Dann nochmals Blicke auf weinumrankte Pergolen und Feigenbäume innerhalb von uralten Gartenmauern, zuletzt Eschers Treppe, die feiste Majolika-Kuppel und schließlich, eigentlich alternativlos, witzelte der Maler mit sich selbst, die *Arcate*, Pizzeria und Ristorante, ein Lokal mit feinem Fisch direkt am Meer, unter den Arkaden der Küstenstraße.

Der Mensch in Merkel freute sich auf den schönen Spaziergang bergab, der Maler in ihm hatte Lust, seinen verästelten Gedanken über »Weiß als Farbe des Schneetodes«, wie Kandinsky expressionistisch formuliert hatte, bei einem doppelten Espresso auf dem pinienüberwölbten Rasen hinter der Terrazza dell'Infinito nachzuhängen. Eine herrlich ruhige Oase. Beschattet von uralten Baumkronen und grundiert von einer erstaunlich saftigen, sogar bemoosten Grünfläche. Runde Gartentischchen mit makellosen, weißen Tischdecken, über deren regionalen Bedeutungshof er nun mehr wusste. Nur hundert Meter von hier. Ihn konnte auch kein Grantl von der Hessischen/Niedersächsischen Allgemeinen schrecken, der kannte ihn nicht und würde auch nicht über ihn schreiben.

Aber der Maler kannte die Merkel schlecht, deren Motivations-Kurzansagen einmal ein Motor des bundesdeutschen Bruttosozialprodukts gewesen waren. »Wir schaffen das«, da hatte es einmal nur ungewöhnlich kurz gewirkt, das nüchterne Charisma der Kanzlerin. »Herr Professor Merkel«, begann die Chefin gewinnend, »Sie kennen doch sicher auch dieses schöne Restaurant in Atrani, gute Mittelklasse. Da waren wir einmal vor Jahren auf einem Bootsausflug von Ischia aus, Joachim und ich. Capri war uns zu teuer, Sie wissen ja, seit sich da die VR China einkauft ...« Volkstümlich und reell, die Merkel, sekundierte Kolb innerlich, ergänzte VR zu Volksrepublik China. Und bereute umgehend, das der Merkel unangenehme V-Wort zweimal in einem Satz gedacht zu haben. Aber Bevölkerungsrepublik klingt mau, dachte er.

»Klar«, sagte Maler Merkel, sich der ansonsten knappen Kommunikation im Kreis der Altbundeskanzlerin anpassend. Da konnte man köstliche Pizza auch mittags sowie sensationelle Pasta und ganz feinen Fisch ordern, kein weder noch, sondern entweder und oder. Er sah den beiden drahtigen Niedersachsen und dem Neuen, einem eben etwas hastig in die Grotte eingetretenen Personenschützer, an, dass die jungen Leibwächter wohl eher auf sowohl als auch, also auf Pizza Pommes (kleine Portion) stehen würden.

»Abgang Atrani sichern; außer Schulte-Niesenstedt. Sie bilden Abschluss.« So fuhr Kolb fort, erst an die athletischen Niedersachsen, dann an den Neuen gewandt, in seiner anachronistischen Telegrammsprache. Die Mitarbeiter Kolbs huschten aus der Höhle, die kleine Reisegruppe ging ruhiger hinterher, und bald kamen der Hoteldirektor und ein uriger Gärtner in den Blick. Man traf sich auf dem Waldweg, unterhalb der Grotte. Niemand außer dem Professor nahm die Akanthus-Pflanzen auf der abschüssigen Seite des Weges wahr, obwohl diese Prachtstücke von Bärenklau als Solitäre auf dem Beuys-braunen Waldboden prangten: fett, feist, frühlingsgrün. Grün, die verstoßene Vierte. Schwarzbraun ist die Haselnuss. Rot-Rot. Jamaica. Matisse hatte recht, aber dem Maler dämmerte ausgerechnet jetzt, beim Ausgang aus der Höhle, eine politisch-symbolische Deutung seiner Farbwahl, die seinen Absichten etwa in dem Maß zuwiderlief wie der Mutti der Mao.

Der müffelnde Gärtner säuberte hastig eine alte, versteckte Gartentür von Wildem Wein und öffnete sie. Ein privater Zugang zum öffentlichen Treppenweg, erklärte der Hoteldirektor. Nun ging man los. Kolb und ein sportiver Personenschützer vorneweg. Dr. Merkel mit dem Pater, dem sie geholfen hatte, seinen Termin per SMS abzusagen, dann Prof. Merkel und die Dolmetscherin, dahinter Schulte-Niesenstedt.

Es ging durch Oliven- und Zitronengärten. Ausblicke auf zackige Felsen, bewaldete Abhänge und das türkisfarbene Meer wechselten sich mit Einblicken auf mauerumfriedete Nutzgärten ab, in denen sich Zitronen und Orangen sonnten und auch Wein wuchs. Uralte Terrassen, teils verwaldet. Der Weg führte seitlich bis unter die Spitze des Felssporns, auf dem der Park der Villa Cimbrone angelegt worden war. Schwindelerregend war der Blick auf die Unterseite der Aussichtsterrasse. Nach wenigen Minuten leichten Abstiegs ragte der Fels mit dem von unten bausteingroßen Belvedere über ihnen auf. Wie ein großer, grober Klotz. Der erinnerte Merkel an einen Münchner Bildhauer.

Dann Treppen, Terrassen, Treppen, Terrassen, Treppen. Immer wieder begegneten den Spaziergängern urlaubende Wandergruppen. »Wandergrüne«, wie die Merkel schmunzelte. Die schnauften von Amalfi nach Ravello hinauf, rüstige Rentner, nicht selten aus den alten Bundesländern, die es verstanden hatten, Merkel-Müntes *Rente mit* 67 beträchtlich vorzuverlegen.

Bald erste Rast an einer Weggabelung. Die Jungs sichern noch, so Kolb. Padre Francesco lächelte schmal, als die Dagonelli meinte, die Himmelsleitern auf den Gemälden würden als überschaubare Geräte dargestellt, als könne sie ein Schornsteinfeger heranschaffen, wer aber von Amalfi und Atrani aus aufsteige, den würden die steilen Treppenwege eines Besseren belehren. Sie fuhr fort: »Die Entdeckung der Unendlichkeit, die machte einst auch Giordano Bruno, und dann ...« Die Dagonelli konnte eine kleine antiklerikale Spitze nicht lassen, eine kleine Rache an ihrem ersten Studienort, Passau. »Immerhin kann die Schönheit der Rückblicke über die Ungewissheit der Zukunft hinwegtäuschen«, erwiderte der nur ein wenig vorausgehende Pater maliziös. Die Dagonelli wusste nicht, ob er auf Orpheus und Eurydike oder die Salzsäule von Sodom anspielte. Jedenfalls ein doppeldeutiges Kompliment.

»Mit solchen Geraden haben die Briten das Osmanische Reich aufgeteilt«, fuhr die Dagonelli ungerührt fort, als sie bald, und für die Ortsunkundige unerwartet, auf die schnurgerade abfallende, unabsehbare Treppengasse abzweigten, die am Rand der gigantomanen Umfassungsmauer der ehemaligen Villa des Literatur-Tycoons Vidal verlief. »Unendlich gerade. Das konnte ja nicht gut gehen«, interpretierte der Pater den Bedeutungsverlust alter weißer Anglikaner.

Vorn sah man Kolb und zwei seiner Jungs sich entfernen. Sie eilten federnd hinunter. Merkel und Merkel, nun nebeneinander gehend, bewahrten im durchaus zügigen Takt ihrer Schritte die Contenance und fielen etwas zurück.

»Und ich trotte befehlsgemäß hinterher, künstlich langsam«, dachte Ironman-Vizegewinner Schulte-Niesenstedt und zurrte seine schusssichere Weste fest.

»Giordano Bruno«, insistierte die Dolmetscherin, »Giordano Bruno sah den Horizont als optische Täuschung an«, während sie ohne Griff an das seitliche Geländer neben dem Pater hinunterging, in ihren Converse-Sneakern. »Die Begrenzung, die der Horizont suggeriert, sei optische Täuschung, so Bruno. Die Unendlichkeit der Paralleluniversen, die hätte Bruno hier erfahren, hätte er hier erlaufen können, wenn ihr ...«, so lächelte sie dem Pater zu: »... wenn ihr den Bruno nicht verbrannt hättet, 1600 in Rom.«

Der Abstieg durch den steilen Treppenschacht blieb die einzige unangenehme Passage des Weges. Beide Merkel waren etwas kurzsichtig und mussten sich auf jede einzelne Stufe konzentrieren. Es gab ohnehin vorn und seitlich wenig zu sehen. Nach der verlockenden Nahsicht auf blühende Zitronenbäume und frühe Blumensolitäre, nach wechselnden Fernsichten auf eine der schönsten Küstenlandschaften des Mittelmeeres waren die Altkanzlerin und der Künstler plötzlich wie ausgeschnitten aus der Welt. Und kaum ein Gespräch möglich.

Der Treppenweg war eindrücklich genug fürs Erste, fand Maler Merkel: Eine offenbar von bäuerlichen Nebenerwerbs-Baumeistern angelegte und von diesen keineswegs als symbolisch beabsichtigte Installation des Ausschlusses, verfiel der Maler in eine Art Kurator*innen-Sprech, innerlich und lautlos. Ein vernakulärer Nauman sozusagen. Das hätte die Altkanzlerin ohnehin nicht verstanden. Eine Vorahmung der ausweglosen, auf Fortschritt ohne Ende abzielenden heterotopischen Autonomie des modernistischen Kunstwerks, dieser Treppenschacht bäuerlicher Anonym-Architektur, rückte sich der Professor per Jargon die Welt zurecht. Ohne um den US-amerikanischen Ursprung dieser Ausnahmetreppe am Rand des Grundstücks von Gore Vidal zu wissen. In Wirklichkeit hatten die nämlich erst 1961 in Neapel stationierte Marinesoldaten von der Besatzung des Zerstörers USS *Verrazzano* gemörtelt. Merkel monologisierte in seinem hermetischen Kunst-Jargon weiter: ohne Außen. Die modernistische Zelle zum Korridor gedehnt. Mauern, wohin das Auge blickt. Formklar, aber nur scheinbar zieloffen. Eindeutig Nauman-affin, dieser Abgang, befand der Maler: Bruce in the Box, so hieß doch dieser Burger-Laden. Die Sonne brannte und die Monotonie der Schritte tat ihr Übriges: Der Professor driftete in noch weniger gut gelaunte Hermetik ab, ließ sich aber nichts anmerken.

Sie waren heraus aus allem, in diesem abschüssigen Korridor, »der Welt abhanden gekommen«, kam es Merkel mit Mahlers Rückert-Liedern vor, während die Merkel vor ihm in ihren Rhythmus fand. »Ich bin der Welt abhanden gekommen«, tröpfelte ihm ins innere Gehör. »Üch bin der Welt abhanden gekommen«, hatte Fischer-Dieskau in der Liederhalle in Stuttgart gesungen. Genauer: »Üch. Bün. Der. Welt. Abhanden. Gekommen.« Die noch im Foyer der Liederhalle von ihm sündhaft teuer erstandene Langspielplatte Fischer-Dieskaus von Gustav Mahlers *Liedern eines fahrenden Gesellen* hatte danach sein Freiburger Atelier mit Bariton-Schmelz geradezu zugeschmalzt. Damals hatte

Merkel begonnen, sich von Blattgrün und Baumschlag, von der naiven Chlorophyll-Nachbildung, abzuwenden. Dem puren Chromgrün, der Verchromung der Leinwand wandte er sich zu. Motto: Ich suche nicht, ich erfinde. Nicht Genie des Bildes, sondern Ingenieur des Gemäldes. Linnés Spruch: »Von Gott geschaffen und von Linné geordnet«. Der gefiel ihm, obwohl zu bürokratisch.

Da haben wir den Salat, hatte sein zweiter Lehrer angemerkt, mit Blick auf eine chlorophyllgrüne Leinwand des Meisterschülers, während Dietrich Fischer-Dieskau die *Lieder eines fahrenden Gesellen* lautstark sakralisierte, auf Merkels Atelierplattenspieler. »Mahler malen, typisch Merkel«, so sein Professor, »aber meinetwegen.«

Fischer-Dieskau war der Sänger der alten Bundesrepublik gewesen. Der Grönemeyer der Klassik und Romantik. Der hatte das warme Timbre und die Verwaldung der Wiener Klassik durch die Romantiker und Spätromantiker zwar fortgeführt, aber nicht naiv. Sondern mit der Präzision einer Herzlungenmaschine hatte Dieskau die Vorkriegswelt des Gesangs und des Kunstliedes rekonstruiert.

Sehnsucht und Angst, Weltschmerz und Wanderlust: Diesen international gebrauchten Fremdwörtern verlieh Dieskau auratisch Ausdruck. Vor allem aber dem Wort Ich. Genauer: Üch. Dieses Wort sang Dieskau mit besonderer kartesischer Inbrunst, dachte der absteigende Merkel. Er kam durchs monotone Absteigen in seinen Flow: Dieskaus Gesang war wohl zweifellos und zeitlos Kunst, auch wenn er dessen Stimme heute nicht mehr ohne BRD- und damit Fortschritts-Nostalgie hören konnte. Dieskau artikulierte derart reflektiert, stellte seine Kunstfertigkeit so wohlartikuliert aus, dass niemand ihn teutonischer Unmittelbarkeit bezichtigen konnte.

Die cartesianischen Anfänge seiner Bravourstücke, das »Ich bin« (»der Welt abhanden gekommen«) von Mahlers Lied und das »Ich will« (»den Kreuzstab gerne tragen«) von Bachs Kantate, sang Dieskau mit kühler Eitelkeit und kunstvoll erzeugter Herzenswärme. Dieskaus »Üch« war klangvoller und standhafter als das stippelige Initial-Ich des Schriftdeutschen, erinnerte er sich an das Stuttgarter Konzert und an Freiburger Plattenabende, während die absteigende Merkel darüber sinnierte, wie oft sie in bayerischem Bierzeltlatein den Spruch »per aspera ad astra«, zu den Gestirnen durchs raue Gebirge, hatte anhören müssen! Und dies von Leuten, die die hohe Kunst des Gipfel-Abstiegs nur sehr unvollkommen beherrschten, wie sich dann öfters gezeigt hatte.

Die Merkel, dachte Merkel, der weiter sorgfältig den Treppenschacht hinabstieg, die Merkel hat nie den abendländischen BRD-Humanismus bemüht, nie von geistig-moralischer Wende geredet. Dieskaus »Ich bin« und »Ich will« artikulierten eine Epoche vor Merkel. Ob die Merkel Dieskau kannte, hörte? Die Physikerin ging professionell, fand er, nämlich freizeitmäßig, die Stufen hinunter. Unauffällig sympathisch war sie, zumal mit ihrer

Baseballkappe, die er schon einmal auf einem Paparazzo-Foto einer italienischen Zeitung gesehen hatte.

Die Altkanzlerin hatte Fußwege immer geliebt. Weder zu joggen wie Joschka Fischer und Obama noch in der dicken Limousine herumgefahren zu werden waren ihre Sache. Ganz im Gegensatz zum Minister Ramsauer damals, erinnerte sie sich aus Freude am Gehen, der ließ den Hochglanz-Autolack seines polierten Dienstwagens mit dem Hochglanz-Polierlack seiner eleganten Schuhe um die Wette gleißen. Den erinnerten seine übertrieben glanzledernen Schuhe wahrscheinlich an den Polierlack seines heimischen Konzertflügels. Der Dr. Ramsauer, der hatte im ersten Leben Pianist werden wollen. Und ob der Ramsauer früher auch Orgel gespielt hatte, um seine glanzvollen Treter zum Einsatz zu bringen? Ihre Gedanken pausierten, sie konzentrierte sich aufs Gehen. Unwillkürlich hing sie bald den tiefen Tönen des auf dem Pedal gespielten Passacaglia-Themas von Bach nach, das sie auf dem Weg zum Büro des Paters hatte stehenbleiben lassen. Ihr Vater war in die DDR gekommen, als dieser Staat noch keine ummauerte »feste Burg« war. Aber Bach und seine Kantaten hatten im Elternhaus eine große Rolle gespielt, abends und an Sonn- und Feiertagen. *Ein feste Burg ist unser* ... mit dem RIAS-Kammerchor, das war eine Lieblingsplatte des Vaters gewesen. Schlimm war zunächst die BRD-Ware. Helmuth Rilling und die Gächinger Kantorei, die waren ihr zu gefühlig und erinnerten sie etwas an Kohls Auftritte – sie dachte an den öffentlichen, exoterischen, nicht den klugen, esoterischen Kohl der Arbeitskreise und Hinterzimmer. Weit lieber waren ihr in den 80er Jahren dann die Aufnahmen von Leonhardt und Harnoncourt gewesen. Und natürlich der Bach-Chor Tokyo.

Die frühen DDR-Aufnahmen, erinnerte sich Merkel, mit dem Thomanerchor, auch schön, die waren auf jene Kantaten beschränkt gewesen, die aus DDR-Sicht akzeptable Texte hatten. Vorzugsweise von Luther selbst oder immerhin biedere Bibelexegese. Aber Harnoncourt und die Niederländer, die brachten dann in den 80ern die schönsten Kantaten Bachs heraus, die mit den allerdümmsten Texten. Die Obrigkeit ist Gottes Gabe, wenn nicht gar ihr E-Ebenbild. Die schöne Bach-Arie, in Leonhardts oder Harnoncourts Interpretation, sie erinnerte sich nicht genau, klang ihr nun im Ohr. Auch sonst hatte Bach besonders plumpe und abgeschmackte Texte vertont. Darauf hatten nach '89 günstig zugängliche Gesamtaufnahmen gnadenlos aufmerksam gemacht. Zelotische und antiaufklärerische Texte hatte sich der Kantor inbrünstig vorgenommen. Die tumbesten Lobhudeleien, beispielsweise auf das sächsische Kurfürsten- und Königshaus, hatte Bach in hinreißende Musik verwandelt, deren Genuss ihr selbst der Anblick von Trompeter Güttlers Dauerwelle nicht hatte zerstören können. Aber die Texte, die waren schon starker Tobak, oder bachischer gesprochen, in den Worten seiner *Kaffee-Kantate:* fader »Coffee«. Wiederverwendet hatte der Fugenprotz eigene Vertonungen besonders dann, mit neuen Texten, wenn sie nur zur einmaligen Aufführung bestimmt waren, aber auch Produkte fremder Federn, wie Pergolesis *Stabat mater*, das er in *Tilge meine Sünden* hatte umdichten lassen. Aus sakralen Stücken machte Bach weltliche und umgekehrt. Das Lieblingslied von Angela Merkels kindlicher Weihnacht, *Bereite dich Zion* aus dem Weihnachtsoratorium, hatte Bach ursprünglich als Arie mit dem selbstkritischen Anfangsvers *Ich will dich nicht hören* komponiert. Die war in einem Leipziger Kaffeehaus aufgeführt worden. Über diese Retro-Konversion hatte sie aus dem Beiheft einer VEB-Deutsche-Schallplatten-LP kurz vor der Wende erfahren.

Sie hörte am liebsten das Bach-Collegium aus Tokyo. Die hatten offenbar fantastische Stimmbildung und Sprachschule da drüben, aber inhaltlich mehr Distanz zu den Texten. Die bauten aus den Noten eine luzide Architektur, die – trotz logischerer und weit filigranerer Struktur – so fremdartig glänzte wie die übertrieben glasierte Kuppel der barocken Stiftskirche von Atrani, die sie nun endlich, von Weitem, sahen. Die stand gefährlich nahe am Meer, wie bei den Japanern die AKWs, dachte die Merkel, schon bevor sie die in Atrani allgegenwärtige Postkarte sehen würde, auf dem eine riesige Welle, die offenbar während eines Wintersturmes fotografiert worden war, die Wände der auf einem planierten Felsen aufragenden, beträchtlich aufgesockelten Kirche erreichte. Bis auf eine Höhe, die unglaublich schien.

Der Pater und die Dagonelli warteten am Ende des Treppenschachtes auf die Altkanzlerin, den Maler und den jungen Personenschützer. Während Merkel auf den Priester blickte, dachte sie: Sympathisch, dieser kantianische Katholik, aber mit Kant und Kantor, bei Königsberg und Köthen klingt zusammen, was nicht zusammengehört. Die Grenzen des Glaubens zu erkennen, oder besser, ihm Grenzen zu setzen aus der Einsicht, dass eine Erkenntnis Gottes nicht möglich ist – damit hatte der Alte aus Königsberg Epoche gemacht. Dass sich der Geist nicht nach Gott und Welt richte, sondern Gott und Welt nach unserem Geist, das war eine echte Wende, anders als die »geistig-moralische Wende« Kohls. Kopernikanische Wende hatte Kant seine, die kantianische Kehre kokett genannt, dabei war der Kopernikus ein frommer katholischer Kanoniker gewesen, in Frauenburg. In Frombork, korrigierte sich die Altkanzlerin.

Ein ziemlich unkanonischer Kanoniker allerdings. Anders Steinbrück, kalauerte die Altkanzlerin innerlich weiter, der war wirklich eine stabile Brücke zu ihrer dritten Kanzlerschaft gewesen. Aber Spaß beiseite, noch Kohl war ein vorkantianischer Kanzler gewesen, dessen politische Trabanten sich zwar devot um IHN gedreht hatten, der selbst aber auf wuchtige Letztbegründungen nicht hatte verzichten wollen.

Merkel war für den preußischen, den kantianischen Protestantismus: den ohne Gott. Fast ohne Gott jedenfalls. Der Staat hatte die Bedingungen der Möglichkeit von Glauben und Unglauben zu garantieren. Da war der Alte Fritz mit einem exzentrischen und freigeistigen Beispiel vorangegangen: Der hatte sich einen homoerotisch-häretischen Sonnenkult nach eigenem Gusto auf der eigenen Terrasse eingerichtet, mit einem schönen Bronzesportler im Zentrum. In Sanssouci. Das war sein Recht, so sah sie das jedenfalls, selbst als König und erster Diener des Staates, diese Möglichkeit zu erfinden. Aber ihr Vater, der hatte den aufgeklärten, den preußischen Christusglauben strenger gesehen. Dem war der schöne Bronzesboy von Sanssouci sauer aufgestoßen. Dennoch teilte er ihre Überzeugungen betreffs der Freiheitsrechte des Einzelnen und der Geltung des Rechts für alle, wenn auch in weniger liberaler Auslegung. Kant, der Alte Fritz und der Müller von Sanssouci, die gehörten in den Erzählungen des Vaters schon früh zusammen. Kant hatte den Menschen die Herrschaft über das sogenannte Ding an sich, ja den Zugang zu dem Ding an sich abgesprochen. »Das Ding an sich«, das war eine herrlich ironische Formulierung Kants, denn Ding, das klang so konkret, aber nach Kant war das »Ding an sich« dem Verstand und der Vernunft für immer verborgen. Und erst recht den Sinnen. Das Ding an sich. Der vom Paten gejagte Pater hatte es rührend amüsant wiederentstehen lassen – als glasierten Riesenteller mit den Leitfragen des Königsberger Großmeisters auf dem Tellerrand. Ein Meisterding, diese flache Schüssel an der Wand von Padre Francescos Büro, im Gegensatz zum UEFA-Pokal, dieser unnötigen Protztrophäe.

Kants Formel vom »Ding an sich« war so herrlich absurd wie Friedrichs Idee grausam, dem alten Kantor Bach bei dessen Besuch in Sanssouci eine sechsstimmige Fuge über ein Thema von seiner, des Königs, Hand aufzubrummen. Zur sofortigen Exekution hier und jetzt. Voltaires Mustermonarch machte den Meister der *Kunst der Fuga* zum gefügigen Fugenaffen, versuchte es jedenfalls. Die Infinitesimalrechnung schien dann auch Johann Sebastian Bach nicht zu beherrschen, wischte aber dem König doch noch eine aus und schickte ihm ein paar Monate später ein *Musicalisches Opfer*. Mit einem verbesserten Thema. Bach hatte nun aus der ungeschlachten Tonfolge des Königs ein Thema geformt, das sich für eine sechsstimmige Fuge eignete. Das konnte sich die Altkanzlerin aber wegen des lauten Vamos a la playa-Gedröhns aus einer Ferienwohnung halbrechts gerade nicht ins Bewusstsein rufen. Ironisch hatte Bach, in seinem Opfer an Friedrich, sein Monster von Fuge als Ricercare benannt. Bewusst altfränkisch und zopfig, assoziierte die Merkel weiter. Von italienisch ricercare, suchen. Dabei: »Ich suche nicht, ich finde«, das dürfte sich Bach gedacht haben. Gesagt hatte das dann erst Picasso. Das wusste sogar sie, blickte sie spöttisch auf den ein wenig schnaufenden Merkel, der eben angekommen war neben ihr. Bach war bescheidener aufgetreten, scheinbescheidener jedenfalls als dieser Pinselschwinger Picasso.

Sie brauchte den Weg nicht zu suchen. Denn Kolb verstand die Kunst der Flucht. Ob allerdings Friedrich die Fugen Bachs verstanden, ihren Sinn gefunden hatte, das stand auf einem anderen Blatt. Bach hatte ironisch die Bergpredigt zitiert, als Motto eines der Stücke des *Musicalischen Opfers*: »Suchet, und ihr werdet finden.« Die Merkel sinnierte weiter: Bach schien dem König das *Musicalische Opfer* insgesamt als eine unverschämte Denksportaufgabe zugemutet zu haben. Und hatte das Meisterwerk des ganzen Opus auch noch hintersinnig als Ricercare tituliert. Eine gelungene Setzung als Ergebnis langwieriger Suche zu maskieren, das war ein Kunstgriff, den hatte sie nie beherrscht. Der Juncker schon. Aber das hätte dem niemand zugetraut, am Ende, außer dem Altmaier, den Exit aus dem Brexit. Bach jedenfalls hatte sein Ricercare, diesen beängstigend durchkalkulierten Fugen-Mechanismus über das in doppeltem Sinn gemeine königliche Thema, sorgfältig in Kupfer stechen lassen, wusste Merkel. Bach entfaltete sich als Gott der Tastenmaschine, das war, als sein Sohn Carl Philipp Emanuel das schwere Stück scheinbar leichthändig dem König vorspielte, bereits auf dem niederländischen Cembalo von Sanssouci hörbar gewesen. Nicht erst auf den rustikalen Cembalo-Nachbauten der fünfziger Jahre, über die sich ihr Vater lustig gemacht hatte, als Mähdrescher hatte er diese bezeichnet. Ein Grund, um nicht in die BRD auszuwandern, hatte er immer gesagt, diese Tasten-Drescher.

Der Müller von Sanssouci hingegen, von dem ihr Vater schon früh berichtet hatte, bei einem Ausflug nach Potsdam, der lebte innerlich bereits im Zeitalter Kants und des Rechtsstaates. Auf Friedrichs Drohung, sein für den Ausbau des Schlosses eigentlich benötigtes Mühlengrundstück bei anhaltender Verkaufsverweigerung beschlagnahmen zu lassen, hatte der Müller den König abschlägig beschieden: »... wenn das Königliche Kammergericht nicht wäre.« »Die Windmühle steht heute noch dort«, hatte ihr Vater mit Genugtuung betont.

Putin hätten sie aus dem Dresden des schwülstigen August mal zum Bildungsurlaub nach Potsdam oder nach Kaliningrad schicken sollen, der Stadt Kants, die KGB-Granden damals. Sie schweifte ab: Putin hatte zu viel Zeit im Schwimmbad verbracht. Der war so schlecht gelaunt wie alle, die ihre Netzhaut zu lange in Chlorwasser spülten. Eine Länge nach der anderen, da war ihr Thermalwasser auf Ischia lieber. Und Spaziergänge statt Tigerjagden und monomanischen Dauerschwimmens. Auch wegen des angenehmen Austausches – die Dagonelli und der Pater, die nun wieder vor ihr gingen, unterhielten sich inzwischen offenbar prächtig. In Passau hatte die Dagonelli studiert und promoviert, hatte ihr Kolb berichtet. Kulturwirt in Passau.

»Passau«, erzählte die Dagonelli dem Pater, dessen lebensklugen und zugleich neugierigen Blick sie mochte, »da ist es fast so langweilig wie in Ravello. Und fast so schön. Und noch etwas bigotter.« Sie wollte ihn mit einer wohldosierten Unverschämtheit aufheitern. Trotzdem hatte der Anschlag auf den Kopf des Paters sie offenbar tiefer beeindruckt, als ihr bewusst war: »Die Kriminalromane von Wolf Haas, Padre, kennen Sie die? Heute, während der Orgelmusik in der Kirche, ein Stück von Bach wurde gespielt, wie Frau Merkel mir sagte, musste ich an eine Szene von Haas denken. Der abgetrennte Kopf eines Mordopfers fliegt bei Haas durch die Luft, nahe der schönen blauen Donau. Der über Wien hinwegfliehende Kopf singt lauthals den schönen Choral aus der *Matthäus-Passion*: ›O Haupt voll Blut und Wunden.‹ Ohne Lunge. Wissen Sie, so ein Kopf, wie er in den Renaissance-Bildern auf dem Teller Salomes liegt, der fliegt bei Haas durch die Luft. Und singt. Bach. Über Wien.« Den Krimiautor Wolf Haas hatte sie sogar in Wien einmal gehört, in einer Gewerkschafts-Buchhandlung, während ihrer Passauer Zeit hatte sie den viel gelesen.

»Ihr Kant-Teller, mit den drei Fragen, an Ihrer Wand, Padre, ist in der Mitte leer.« Diese Leerstelle fiel der Dagonelli nun nachträglich auf. »Hat das etwas zu bedeuten?«

Bald würden sie die schmale Straße von Ravello nach Atrani überqueren. Die war schon zu sehen. Und die beiden Personenschützer, die in einen Lebensmittelladen an der Straße huschten, die sahen offenbar auch keine Gefahr im Anzug. Angenehm gefahrlos sah beim Näherkommen, neben einem aus der Zeit gefallenen Tante-Emma-Laden mit Mozzarella-Mortadella-Vitrine, auch die kleine Terrasse einer Kaffeebar aus, an deren Eingang sie Kolb bereits erwartete. Von deren schattig unter Weinlaub postierten Tischen bot sich eine spektakuläre Aussicht – auf die Magdalenenkirche von Atrani, ihre buntglasierte Kuppel und ihren überdimensionalen, kahlen Vorplatz. Kuppel und Meer glitzerten um die Wette. Herrlich, dachte die Dagonelli und bestellte einen Fencheltee für die Altkanzlerin und Cappuccino und Wasser für alle anderen. Es war ja noch früh, elf. Der Kellner stellte bald beschlagene Gläser auf den Tisch, in denen Eiswürfel klirrten, und grüne große Wasserflaschen. Herrlich, fand auch der Maler.

Maler Merkel saß neben der Dagonelli. Klasse Sicht. Die glasierte Kuppel von Eschers Lieblingsgebäude schien sich zu drehen – wie einer dieser Farbkreisel aus dem Shop des Bauhaus-Archivs. Itten oder einer seiner Anhänger hatten diesen Kreisel aus der Farbenlehre Goethes abgekupfert. Die Farbenlehre Gottes wollten sie darin erkennen. Der Architekt der Kuppel, wahrscheinlich nicht Ferdinando Fuga, witzelte Merkel innerlich und unwillentlich, war da pragmatischer gewesen. Der hatte die gleichförmigen Segmente der Kuppel den Amalfi-Orangen abgeguckt: Die gleichförmige Teilung der Kirchenkuppel in spitz zulaufende Segmente folgte der außen unsichtbaren, der inneren Teilung des Fruchtfleischs – in prall gespannte, oben und unten auf einen Punkt zulaufende Achtelmonde. Merkwürdig osmanische Spitzkörper, einzeln betrachtet. Aber im Ganzen prall antikisch. Die Farbgebung war willkürlich, aber höchst effektvoll. Schriller konnte auch eine ausgewachsene Amalfi-Zitrone nicht leuchten vor diesem silberblauen Meer als die farbig glasierte Kuppel. »Wussten Sie«, ergänzte die Dagonelli, während sie ihre nun auch merkwürdig silberblau wirkenden Augen auf ihn richtete, »dass Kuppel und Kappe das Gleiche bedeuten?« So heideggerte sie drauflos. Und ergänzte: »Nämlich ein Abbild des Himmels, dessen vermeintliche Kugelgestalt im Fall des römischen Pantheon sogar die Maße des Gesamtbaues bestimmt.« Nun lieferte sie doch noch Fakten, kommentierte Horst süffisant, aber bloß in Gedanken – ein Kollege Kolbs, der sie in der Bar erwartet hatte. »Höhe und Umfang dieses römischen Rundtempels sind nämlich durch einen gleich großen Kreis bestimmt. Ergänzt man die Kuppel des Pantheon zur Kugel«, so erläuterte die Dagonelli, »dann erreicht diese imaginierte Kugel genau das Bodenniveau. Genau in der Mitte des Grundrisses, genau.«

»Sehen Sie's mal nicht so platonisch«, lachelte Merkel zurück. Und blinzelte kuppelwärts. »Sehen Sie die Kuppel hier mal als Kreisel, als Spielzeug, als Farb-Spiel. Wie Duchamp in seinen Rotoreliefs im MOMA«, fachsimpelte der listige Schwarzwald-Buddha im anglophilen Jargon seiner Peers. »Als Spielzeug eines großen Unbenannten. Geworfener Entwurf, aber mehr wie beim Tischkegeln«, scherzte Maler Merkel, »nicht so existenzialistisch. Eher epikureisch: Werden aus Wirbeln!«, lächelte Merkel.

»Wenn ich durch mein kulturwissenschaftliches Studium in Passau nicht so assoziationsstark wäre«, gab die Dagonelli lächelnd zurück, während Kolb mittels langsamer Kopfdrehung konzentriert den Vorplatz musterte, »hätte ich nicht gewusst«, setzte sie durch eine nicht allzu kurze Artikulationspause in akustische Anführungszeichen, *dass der Kopf rund ist, damit das Denken die Richtung wechseln kann.*

Maler Merkel registrierte, dass die Dagonelli einen Satz des Malers Picabia zitierte, der so bekannt war, dass er sogar auf Postkarten gedruckt wurde. »Aber dass Sie mir hier«, schmunzelte sie weiter, »die Geschichte der antiken Kosmologie abservieren wie Salome den Schädel Johannes des Täufers, hätte ich nicht von Ihnen erwartet. Den Kosmos nicht erst von der Revolution guillotinieren zu lassen, sondern von den antiken Genussdenkern Epikur und Lukrez. Und diese zu den Marcel Duchamps der Antike zu erklären ... Da zeigen Sie sich als Konzept-Künstler, Herr Merkel«, provozierte die Dagonelli den Maler, um ihn anschließend zu loben. Sie betrachtete nochmals die grelle Kuppel der Stiftskirche: »Die hätte ich gar nicht gesehen ohne Sie, die diskursiven Fassungen dieser prächtigen Keramikorange.«

Ein Glas, hatte sein Freiburger Lehrer ihm vorgemalt, ist halbvoll, wenn es halbleer ist. Tatsächlich war das Modell-Glas seines zweiten Lehrers, des Malers Peter Dreher, immer leer, erinnerte sich Merkel. Sein erster Durst war gestillt durch das herrlich kalte Mineralwasser. Wie praktisch, dass diese Bar einen schattigen Gastgarten bot. Halbvoll. Das galt eindeutig auch für die eiskalten Gläser, in die der Kellner den Inhalt der eben bestellten, winzigen Bitter-Lemon-Fläschchen gegossen hatte, die er neben den passenden Gläsern abstellte, auf den Tischchen der kleinen Barterrasse. Eine Aufmerksamkeit des sonst sparsamen Paters. Immerhin mit Eis und Zitronenscheibe. Und der Blick, einmalig. Maler Merkel wandte seine Augen ein wenig von der glasierten Barockkuppel der malerischen Kirche von Atrani ab und versenkte sie im Meer. Und, frotzelte Merkel sich selbst an, versengte sie nicht an den wieder blauer strahlenden Augen der Dagonelli.

Gehen Sie gerne schon vor. Der Seiteneingang der Kirche, den Sie unten sehen, da gehen Sie hinein.« So hatte Kolb, ungewöhnlich wortreich und offenbar wenig besorgt, das Grüppchen eben wieder in Bewegung gebracht. Kolb wollte seine Schützlinge von oben im Blick behalten. Seine Jungs sahen derweil in den umliegenden Gärten nach dem Rechten. Gutes Trainingsgelände, das Mauerlabyrinth der Terrassengärten. Und in der beginnenden Mittagshitze fast verlassen.

Kolb stand vor der Bar, an der halbhohen Mauer. Er lud plötzlich durch. Und entspannte sich ebenso plötzlich wieder – wegen eines vertrauten Brummens aus seinem Smartphone. Merkel hatte den Knopf nur einmal gedrückt. Das bedeutete: »Gewünschter Kontakt.« Nun stand die Chefin nahe beim Kirchenportal, denn sie war mit dem Pater vorangegangen, wollte noch etwas alleine sein mit ihrem »geistlichen Konsultor«, in der Kirche, wie sie ironisch angab. Darum waren Merkel und die Dagonelli vorerst bei Kolb geblieben. Padre Francesco hatte bereits, verbindlich nickend, den rechten Torflügel geöffnet. Alles gut zu sehen, aus der Vogelschau Kolbs, auf dem fußballfeldgroßen Platz neben der riesigen Basilika der Maria Magdalena. Kolb schaute auf beide, auf die Merkel und ihren geistlichen Begleiter, aus schönster Satellitenperspektive. Da lief schnurstracks ein schwarzer Anzug auf Mutti zu. Der wäre nicht angekommen, runzelte Kolb die Stirn, wenn Mutti nicht das Babyfon gedrückt hätte. Und zwar nur einmal. Steckte der ihr was zu? So schnell blitzt kein Nagel in der Sonne, wie diese Mafiosi etwas übergeben können – könnten –, dachte Kolb an sein Praktikum in Palermo zurück, nachdem er zack, zack seine beiden nächsten Jungs entwarnt hatte: »Gewünschter Kontakt.« Etwas zugesteckt? Da hatte er sich sicher getäuscht.

Der Anzug war grußlos weitergegangen. So plötzlich dieser Passant aufgetaucht und zwischen dem Pater und der Merkel im Kirchenportal verschwunden war, so umgekehrt proportional lange hatte der Mörike an seinem berühmten Gedicht über den blitzenden Hufnagel herumgefeilt, erinnerte sich Kolb, der in seiner Freizeit Mörike las. Und Uhland. Er mochte die schwäbischen Dichter.

Auch Hölderlin. Ein Faksimile der Handschriften von dessen späten Hymnen, die hatte ihm sein Ehemann einmal geschenkt. Die hatte der in einem Online-Antiquariat erstanden. Diese Ablichtungen der letzten Handschriften Hölderlins, die hatte Kolb immer den Erstjährigen in der GSG-9-Ausbildung gezeigt: »So sieht eine Gefahrenlage aus. Und Sie bekommen keine 25-jährige Stelle bei einer Akademie der Wissenschaften, um sie aufzulösen. Da geht's um Sekunden.« Noch bevor er die Hälfte des Gedankens gedacht hatte, simste er der Mutti und den Jungs: »Kirche sauber. Rein.« Ein wenig Poesie muss sein, in der Ausbildung, dachte er, auch wenn ihm die Finger langsam schmerzten heute, vom sicherheitshalben Griff zur Dienstwaffe.

Dass er Mörike mochte, hatte sein Mann immer süß gefunden. »Gelassen stieg die Nacht ans Land« und so. Seine Jungs wirkten hingegen zu gelassen, zu wenig jugendlich und zu behäbig, die standen am Gartentürchen zum Pfarrhaus und taten unauffällig. Die spinnen wohl, unterbrach er sich, die Mutti steht auf der am besten einsehbaren Zielscheibe Kampaniens und die Generation Gouda denkt nur an baldige Pizza Pommes. Da hätte ihm damals der Müller die morgendliche Liegestützenration erhöht.

Die Merkel hatte gar nicht auf ihren Obama geschaut, wie ihr abhörsicheres Diensthandy seit 2015 genannt wurde. Sie verstand das Brummen auch so als Knurren Kolbs und betrat, mit einem Lächeln zu Padre Francesco, seelenruhig die Basilika. Der Pater folgte ihr, nachdem er erfolglos seinen seit dem Attentat fehlenden Hut abzunehmen versucht hatte. Einer der angehenden Polizeimeister sicherte den Vorplatz, indem er Posen einnahm, als würde er Panoramafotos aufnehmen, während der zweite Personenschützer bereits in die Kirche hineingehuscht war, noch vor dem Anzugträger, um sich vorab umzusehen. Einen Tick zu spät, fand Kolb.

Oh«, registrierte Maler Merkel die knappe, nicht unhöfliche Handbewegung Kolbs. Er warf einen Blick auf die Dagonelli, vor dem aufdringlichen Hintergrund der kreiselnden Kuppel: »Wir dürfen auch runtergehen, die Jungs sind sich wohl einig geworden.«

Drinnen, in der geräumigen Basilika, saßen die Altkanzlerin und der Pater. Vertraut plaudernd. Vor einer der uniformen Seitenkapellen der geräumigen, ganz und gar normalen Barockbasilika. Barock und bruchlos Neobarock des 19. und 20. Jahrhunderts. Die Kunst der römischen Gegenreformation, stilsicher fortgesetzt, aber mit bürokratischerem Unterton. Weder Gegenreformation noch Reform, sondern allzu gelassene Norm, befand der hohe Gast nebenbei. Ihr ernüchtertes Gefühl nach dem ersten Blick ins Kirchenschiff hatte die Merkel an Brüssel erinnert, an die Enttäuschung nach ihrem ersten Eintreten ins Ratsgebäude: Gummibäume und Funktionsmöbel. Auch hier: nüchtern und klar, eine wohlproportionierte, aber ganz und gar durchregulierte und an keiner Stelle überraschende Architektur. Die Verwaltung der Heilsmittel, darin hatten sich das Königreich Neapel und sein Klerus offenbar besser verstanden als in der Verwaltung der Steuermittel.

Der Pater gedachte dieser Enttäuschung der Altkanzlerin, die er als erfahrener Seelsorger spürte, die Farbigkeit eines seiner Sprachregister entgegenzusetzen, das er bislang noch nicht gezogen hatte. Das Register der Antithese, das er aber nun, in Erinnerung an die deutschen Predigten »des immer noch nützlichen Abraham a Sancta Clara«, wie ihm sein Rhetoriklehrer an der Gregoriana eingeschärft hatte, zu ziehen entschlossen war. In Wirklichkeit war der ein süddeutsches Bauernkind, der Bußprediger »von Sancta Clara«, mit Namen Johann Martin Mergele, wie Heidegger aus Meßkirch. Dieses Städtchen hatte er einmal besucht, Gegnerforschung nannten die Theologen das, in Freiburg. Mergele, kein Merkele, schmunzelte der Pater innerlich, durch die Freiburger Studienjahre dialektal kenntnisreich. Etwas gedämpfter in der Wortwahl als sein barockes Vorbild, der Meßkircher Bußprediger, wandte sich Francesco nun halblaut an die Kanzlerin:

»Außen der Glockenklang barocker Wucht und Welthaltigkeit, die Kirche als wellenbenetzte, aber standfeste Wächterin des Glaubens auf einer Klippe am Meer. Aber innen, trotz peinlicher Sauberkeit, verstaubt und sklerotisiert, wie die Wartehalle eines Bahnhofs aus der Zeit des Historismus.« Wartehalle, dachte die Merkel, das bin ich seit meiner aktiven Zeit nicht mehr gewohnt. Es war nämlich gegen Ende ihrer Regierungszeit unter den Großen der Welt zunehmend in Mode gekommen, sie warten zu lassen. Die Regierungsmaschinen von Autokraten, die sich vor der Überlegenheit ihres nur oberflächlich weggelächelten Überdrusses fürchteten, drehten noch ein, zwei Runden am Flughafen, während sich das Musikkorps der Bundeswehr langweilte und sie wartete. – Der Pater hat recht, dachte die Merkel, auch das Personal ist unmotiviert hier. Denn die Messnerin in ihrem Kittel, die eben aus einer Nebentür eintrat, sah aus wie eine gelangweilte Schulhausmeisterin, wie sie begann, die Aufsteller der katholischen Familienzeitschrift routiniert abzustauben. Merkel schlenderte mit dem Pater weiter durchs sandgestrahlte und lichtgrau getünchte Kirchenschiff. Plötzlich blieb sie stehen und griff dem Pater leicht an den Ärmel. Beide starrten auf die schmerzvollen Grimassen, die qualvoll aufgerissenen Münder von Höllensündern – hölzerne Köpfe in einem riesigen Rachen aus breiten Holzprofilen, in einem riesigen Teufelsmaul, aus dem Flammen hervorzüngelten. »Ulmenholz, farbig gefasst, Geschenk eines hierher ausgewanderten Kolonialwaren-Kaufmanns aus Tallinn, der beim rechten Glauben geblieben war,

Altar seiner Grabkapelle«, vergriff sich der Pater gleich mehrfach in Ton und Vokabular.

Der Professor und die Dolmetscherin waren nun ebenfalls eingetreten und dabei fast in den gusseisernen Ständer des Schildes mit den Beichtzeiten geschrammt. Plötzlich rief Maler Merkel: »Was für ein Bild!« Die Silhouetten der beiden Anzugträger, der Altkanzlerin und des Paters, vor einem riesigen Höllenrachen. Ein unerwarteter, schauerlicher Anblick, empfand auch die Dagonelli. Wie versteinert wirkten die, wie sie da standen, vor dem Flammenmaul, leibhaftig vor dem Leibhaftigen, kalauerte die Dagonelli. Unpassend gotisch für die Gegend, taxierte Merkel das übergroße Artefakt, wobei er die Holzart nicht erkannte. »Barockgotik«, kalkulierte er dennoch richtig: »Retro«, setzte er enigmatisch hinzu, zur Dagonelli gewandt.

Er hatte sich gefangen. Und die Merkel und der Pater hatten sich gesetzt. Während des Hinsetzens langte die Altkanzlerin dezent an die Innentasche ihres ambigen Damenkostüms. Alles da, wo es sein sollte. Sie hatte einen *Scontrino* in der Boutique an der Straße beim Hotel liegen lassen und dem Inhaber eine SMS geschickt, vor der Barpause. Sie brauchte diesen Kassenzettel, falls Giuseppina die Bluse umtauschen wollte, die sie ihr senden lassen würde. Sie kannte die Kleidergröße ihrer alten Freundin aus der Zeit der ersten Urlaube auf Ischia nicht, die kam manchmal nach Ravello, zu den Wagnerkonzerten. Ein Flyer des Geschäfts lag in der bedruckten Papiertasche mit der Bluse, die sie vor dem Frühstück ausgeräumt hatte. Mit Handynummer – da hatte sie den Inhaber aus der Grotte per SMS gebeten, kurz herunterzukommen nach Atrani, das war sonst nicht ihre Art. Aber U-Boote warten nicht lange, wusste sie.

Diese winzige Geste bemerkte der Maler nicht. Er hatte die Augen halb geschlossen. »Wie in Wimpfen«, sagte er zur Dagonelli. Die verstand Bahnhof. »Wie in Bad Wimpfen am Neckar, bei diesen bilderfreundlichen Protestanten, in der Stadtkirche. Da müssen Sie einmal hinfahren, bei Heidelberg ist das, da ist die Zeit nach der Schließung der Kaiserpfalz irgendwann im späten Mittelalter stehengeblieben. Das ist der einzige Ort der Welt, wo der Kleingärtnerverein in einer romanischen Loggia feiert, auf einem Söller wie bei Schneewittchen, aber echt.«

»Auch sonst waren die bewahrend, diese Wimpfener«, schweifte er ab. Die Dagonelli fixierte ihn höflich, abwartend, leicht amüsiert. Söller? Sie kannte nur den Söllner, diesen bayerischen Liedermacher, ein Idol der Passauer Agrarwirtschaftsstudent*innen. Selbst sie, gewohnt, als Dolmetscherin geduldig auf die Auflösung eines rätselhaften Gesprächsanfangs zu warten, erfasste weiterhin nichts. Warburg in Hessen (oder in NRW?), das kannte sie, aber Wimpfen am Neckar, dieses Städtchen hatte sie während ihres einen Jahres in der Dolmetscherschule bei Heidelberg, in Gengenbach, verpasst. »Halbbewahrend, wie die Merkel«, verwirrte Merkel die Fäden seiner Assoziationen weiter. »Die Wimpfener sind zwar protestantisch geworden, früh, aber die katholischen Bilder, die haben sie behalten.

Man gönnt sich ja sonst nichts«, streichelte der Maler sein Bäuchlein. »Der Blick von oben, aus Wimpfen, ins Neckartal, einmalig, das wäre«, er staunte, wie gut die Dagonelli das offenste Interesse heucheln konnte, »das wäre das sanfteste Idyll, dieses Wimpfen, wenn da nicht dieses Relief des Fegefeuers in der Stadtkirche wäre, diesem Fegefeuer hier zum Verwechseln ähnlich. Nur kleiner, in Wimpfen, aber auch dort können Sie das Closeup eines feuerfesten Höllenrachens mit furchterregend grimassierenden Holzköpfen besichtigen«, versuchte es der Maler mit einem entlastenden Reisetipp. Die geschnitzten Köpfe in dieser der Büßenden Magdalena geweihten Riesenkirche hier sahen in der Tat schrecklich aus. »Immerhin haben diese Figuren keinen Bildersturm erleben müssen, der ihre geschnitzten Ängste in das gemütliche Ofenfeuerchen der Gelehrtenstube eines Ikonoklasten verwandelte«, gab Merkel der Dagonelli zu bedenken.

Die Merkel und der Pater saßen inzwischen entspannter vor den schreienden Holzköpfen im Höllenfeuer. Beide schien das Bildwerk von der Ostsee nun nicht mehr zu beeindrucken. Überhaupt: In dieser – oberhalb der Reichweite des Staubwedels der Messnerin – leicht angestaubten Schalterhalle des Beichtgeheimnisses fühlte sich die Merkel langsam nicht mehr unwohl. »Kommen Sie eine Zeitlang nach Deutschland, Pater«, eröffnete sie ihrem geistlichen Begleiter verbindlich. »Übersetzen Sie Adenauers Autobiografie ins Italienische. Gehen Sie an die Adenauer-Stiftung, da haben Sie Ruhe vor diesem Thunfisch-König. Ich schreibe eine SMS.«

Kolb setzte sich derweil kurz in einen Beichtstuhl und simste den Jungs: »Weg zur Altstadt sichern, ASAP!« Dabei sah er nebenbei, wie die Dagonelli ihre expressiven, zu großen Hände durchs üppige Haupthaar forkte. Die Dolmetscherin steuerte nun, den Maler im Schlepptau, auf die Messnerin zu. Und lobte Erhaltung und Pflege der ehemaligen Kollegiatskirche. Frau Dagonelli, die hatte ihn drauf, den eröffnenden Kommunikationsstil, befand der Maler. Die Messnerin führte das ungleiche Paar in die seit Langem wegen Restaurierung geschlossene Schatzkammer, die längst wieder ihrem alten Zweck zugeführte »Alte Sakristei«. Im schmucklosen Zugang zu diesem tonnengewölbten Raum öffnete sich ein Fenster. Herrlicher Blick auf die Badebucht, auf eine elegant gebogene Straße, die von einer Art riesigem Aquädukt dramatisch über den Strand und das Meer erhoben wurde. Und auf eine verschachtelte, weiß getünchte Altstadt vor üppigen grünen Anhöhen: »Atrani, die kleinste Stadt Italiens«, wie die Dagonelli die routinierte Kurzansage der Messnerin übersetzte. Merkel und die Dagonelli genossen, nachdem sie etliche Minuten später wieder aus der mit Mottenkugeln imprägnierten klerikalen Kleiderkammer herausgetreten waren, den Ausblick zum zweiten Mal. Der Maler war allerdings noch sehr benommen: nicht von dieser übergroßen und öden (wie er fand) Umkleide, sondern von der Pracht des dort in einer Bleiglasvitrine aufbewahrten Ornats der amalfitanischen Dogen aus dem 11. Jahrhundert. Der prächtige Krönungsmantel, der lange verlorene Dogenhut, der Dogenzepter und weiteres zeremonielles Zubehör waren anlässlich des Kennedy-Besuchs in der Sakristei museal aufgebahrt worden. »Das 11. Jahrhundert, ein Dark Age der Kunstgeschichte«, das behauptete der Zeisig immer. Kürzlich hatte er ergänzt: »Dagegen das 12. Jahrhundert, da verlierst du den Durchblick, Klaus, die wollten auch den Salomon übertreffen, aber mehr im Kleinteiligen, durch Qualität und Quantität.« Kleinteilig war auch das Goldgestick auf syrischem Damast, den die amalfitanischen Pfeffersäcke auf ihren Krönungsmantel hatten aufnähen lassen, in Smyrna. Mose hatte die Bilder verboten und zerstört, ihre Anbeter töten lassen, erinnerte sich Maler Merkel, als er das zentrale Bildfeld auf der Rückenseite des Mantels bewunderte. Hier erwies Mose sich als Bilderfreund, als Stifter der Bundeslade und der ihr aufgesetzten Cherubim-Zwillinge.

Auf diese Figurinen, genauer in deren leeren Zwischenraum, wies der Birett-bemützte, dogenartig ummantelte Gesetzgeber des Buches Exodus mit einer Gebärde, in der sich Stolz und Versagen eindrucksvoll mischten. Moses Stolz über das Versagen der Darstellung, freute sich Merkel. Die kubische Bundeslade war aus Goldfäden dicht gewoben, so zwanghaft dicht gewebt, dass sie als eine homogene, erstaunlich massiv wirkende Goldfläche erschien. Gold aus Gold, ein gewebter Goldbarren. Die Konturen der amalfitanischen Bundeslade waren derart geometrisch, derart brüsk vereinfacht, als hätte der frühverstorbene James Lee Byars noch nachträglich einen Judd-Kubus vergoldet, assoziierte der Maler munter. Ein goldgewirktes Bilderverbot! Aber die beiden prächtigen, einander zugewandten Engel in der Mitte des Krönungsmantels, die auf der minimalistischen Bundeslade stehend zu schweben schienen, die waren als dreidimensionale Figurinen dargestellt. Der Beschreibung des Buches Exodus folgend, die Merkel aus einem Vortrag Blums kannte. Goldgewirkte Bilderboten! Sie zeigten ein Maximum an plastischer Präsenz und farbiger Pracht, an mimetischer Macht. Dabei materiell nichts als Gespinst und Gewirk aus Goldfäden, wenn auch mit Edelsteinbesatz in den Farben des Regenbogens. Ein textiles Bild aus verfädelten irdischen Gütern, der digitalen Schwarz-Weiss-Matrix eines uralten Textes verpflichtet. Smaragde, Saphire und Rubine leuchteten auf und um die Wette auf den Flügeln der goldgestickten, korallenbesetzen Cherubim, dieser mosaischen Engels-Imaginationen. Die Edelsteine gefasst in hauchdünne goldene Körbchen, symmetrisch umsponnen von feinsten Golddrähten mit Miniaturperlen. Mega, dachte Merkel, da hört man die Flügel rauschen. Die Nonnen von Scala, die Künstlerinnen dieses Gesticks, die hatten den Schwingen dieser uranfänglichen Statuetten, dieser die Kunstgeschichte begründenden, legitimierenden Engelsfiguren einen apokalyptischen Touch gegeben: als Torwächter eines endzeitlichen himmlischen Jerusalems. Dagegen wirkten die vergoldeten Arbeiten des tragischen Künstler-Duos Byars und Beuys arm: sogar Byars' *Goldfadenparade* von 1967 auf der New Yorker Wall Street, die Maler Merkel, wie immer kenntnisreich, herbeizitierte. Und Beuys' letzte Installation, die Joseph in und für Schloss Capodimonte in Neapel geschaffen hatte. In dieser Assemblage mit ihren sparsam vergoldeten Tafeln hatte Joseph Beuys seine zukünftige Aufbahrung in eine nomadische Vergangenheit versetzt, unter Verwendung eines blau gefütterten Luchsmantels.

Merkel wandte sich wieder der Anschauung des Krönungsmantels zu und erinnerte sich an eine interessante Hintergrund-Info, die hatte sich der Maler aus diesem Vortrag Blums gemerkt: Nach dem zweiten Buch der Tora, dem sogenannten zweiten Buch Mose, dem Buch Exodus also, waren die Cherubim Werke des ersten Künstlers Bezalel, des Mitarbeiters und Konkurrenten des Mose. Nicht dargestellt, der Hersteller!

Der Gesetzgeber des Ersten Testaments trug auf dem Dogenornat, in dem zentralen Bildfeld mit der Bundeslade eine barettartige Kopfbedeckung, die dem in der Vitrine ausgestellten Birett, der Dogenkrone der amalfitanischen Herrscher, zum Verwechseln ähnlich sah. Diese Ähnlichkeit von Mosesmütze und Dogenkrone und damit der Verweis auf den ersten Träger ihres Birett-Baretts war den Dogen Amalfis offenbar wichtig gewesen, wiederholte die Messnerin wieder einmal ihr Küsterlatein. So drückten sie ihren Anspruch auf gottgegebene patriarchale Herrschaft aus. Die Dagonelli verstand sofort. Sie hatte ihre Assmanns gelesen. Und sogar das Buch von Mellinkoff: *The Horned Moses.*

Endlich wieder der Blick auf die Stadt und ihre Gärten, auf ihre Bucht und das Meer aus dem nüchternen Fenster des Zwischengangs. Schnell schaltete die Dagonelli um, von Ausblicken aufs Anblicken, und richtete ihre blauen Strahler verbindlich auf die verhärmte Kittelträgerin.

Auweia, dachte Merkel, da müssen sich diese Cherubim da hinten aber warm anziehen in ihrem Schneewittchensarg, wenn sie dem Blick der Dagonelli standhalten wollen. Sonst schmelzen die weg. Und der Beuys auch, setzte Maler Merkel seine Gedanken fort, mit seinem nun öffentlich-rechtlichen Hünengrab, das als *Palazzo Regale* in diesem albernerweise K 20 genannten Museum in Düsseldorf ausgestellt wurde. Beuys' Seidenfutter-Mantel musste sich auch anstrengen gegen die Mantille der Dogen von Amalfi, dachte Merkel und war sich sicher: Der Joseph wird auch einmal in dieser Sakristei gewesen sein, als der damals in Neapel ausstellte, denn sein Galerist, der Amelio, der hatte bestimmt ein Ferienhaus oben gehabt, in Ravello. Er schweifte dieses Mal nur kurz ab. Denn offenbar fragte die Dagonelli gerade die Messnerin nach einem ordentlichen Ristorante oder einer guten Pizzeria, die bereits zur Mittagszeit den Holzofen anheize, was im Frühjahr eher selten war. »Unter den Bögen der Uferstraße, direkt am Strand«, übersetzte die Dagonelli die offenbar alternativlose Auskunft der Messnerin, »Alessandros Osteria, Da Dario«. Die kannte Merkel ja längst.

Kolb war, in Haltung und Gebärde freundlich Eile einfordernd, in den gesichtslosen Zwischengang eingetreten. Die Dagonelli übersetzte die Restaurant-Auskunft der Kirchendienerin. »O.k., das machen wir«, knurrte Kolb freundlich und scheinbar offen für spontane Empfehlungen. Er dachte sich aber seinen Teil wegen der laienhaften Bemühung dieser Zivilisten um Spontanplanung. Dieses Ristorante hatte er längst auf seinem Exit-Plan stehen gehabt – nicht wegen der Bewertungen im Internet. Sondern wegen seiner Lage. Von den Tischen des Restaurants war die schiffbare See nur 150 Meter entfernt. Kolb drehte um und eilte noch einmal kurz in sein improvisiertes Büro im Beichtstuhl, während die Messnerin mit Maler und Dolmetscherin in die Basilika zurückkehrte. Sie bemerkte Padre Francesco und begrüßte ihn freundlich. Die Merkel gab der Messnerin ebenfalls leutselig die Hand. »Unser Hauptaltar«, verwies diese stolz auf die Hauptattraktion ihrer Kirche: »Spende eines in Brooklyn zu Reichtum gekommenen Konditors, eines der vielen Auswanderer aus Atrani.« »Immerhin Erfinder des New York Cheesecake«, wie die bekittelte Kirchenpflegerin behauptete. Das perlmuttübersäte Monstrum ließ sich leider nicht anschneiden, dachte Merkel. Er bekam langsam Appetit. Er war offenbar nicht der Einzige: Co-Leibwächter Horst, der seine Gartenexkursion hinter sich hatte, eilte grinsend auf die Dagonelli zu und rief, den Tonfall Kolbs überraschend einfühlsam nachahmend: »Exit Pizza!«

Wenn Blicke töten könnten, dachte Merkel. Die Dagonelli sah einen Moment ungeschützt auf den drahtigen Polizeihauptmeister. Die Merkel und der Pater hatten den schneidenden Blick der Dagonelli nicht mitbekommen, sie folgten, ins Gespräch vertieft. Über Andreotti, lange die schwarze Eminenz der italienischen Politik, mit lebenslanger Immunität, als Senator auf Lebenszeit. Ob der ein Vorbild der Altkanzlerin ist? Fragte sich der Pater – und antwortete sich selbst: Die Merkel ist nicht schwarz genug.

Molto adagio

Bi
i
i
i
i
i‿itte
bei
der o
o ße
r n
g
Schu‿uld

Dei
ei
ei
ei
ei
ei‿einen
Schö
pfer
um
u Ge
u e
du‿uld.

Der Mittelteil einer Arie von Bach ging der Merkel im Kopf herum. Genauer hörte sie:

Bü ü ü ü ü ü ‿ ü tte

So deklamierte der Solist des Tölzer Knabenchores auffordernd seinen getragenen Ohrwurm in ihrem Oberstübchen und wiederholte eindringlich:

Bü ü ü ü ü ü ‿ ü tte

Den Sänger, einen Bauernbuben aus Traunstein, hatten Stimmbildner und Chorleiter seinem alpinen Idiom entwöhnt, entfremdet. Und zugleich seiner glockenreinen, herrlichen Stimme dieses hoch- und hofsächsische ü antrainiert. Das ärgerte die Altkanzlerin, das erinnerte sie an Erlebtes: »Ünter allen Ümständen«, hatte der Juncker sich oft noch in der letzten Verhandlungsstunde vergeblich auf die Hinterbeine gestellt. Ünter allen Ümständen, absurd, als hätte Bach, der nach Lübeck zum Organisten Buxtehude und nach Buxtehude zum Komponisten Reincken gereist war, um den romfreien antikurialen Tonsatz kennenzulernen, sich das barocke »ü« seiner kursächsischen Landesherren aufzwingen lassen. Auch falls der Reincken in Hamburg gewirkt haben sollte, sie erinnerte sich nicht genau. Dass ihr Hobby in der Pubertät die Bach-Forschung gewesen war, das wusste kaum jemand mehr. Besonders Albert Schweitzers Bach-Buch und seine Aufnahmen der Choralvorspiele hatten sie beeindruckt. Auch Lambarene, sein Dschungelhospital mit Orgel, hatte sie interessiert, aus unerreichbarer, ummauerter Ferne.

Das scheinbar willkürliche Auftauchen der Wellenlinien der Arie in ihrem inneren Ohr folgte, so bemerkte die Altkanzlerin, einer assoziativen Logik. Ganz gleich, ob sie den lästigen Tölzer Ohrwurm auf i oder ü, auf »Bitte!« oder »Bütte!« einstellte. Dieser Ohrwurm kam ihr offenbar in den Sinn, erkannte sie, weil er den Fluchtweg ihres Grüppchens abzubilden schien, seine Gefälle und Rastplätze: den langen Abstieg vom pinienbestandenen Park über die überdehnte Treppenflucht an der Außenmauer von Gore Vidals Palazzo Prozzo. Und die kurzen Aufenthalte: zuerst jenen auf der Terrasse vor dem Mini-Market mit dem schwachbrüstigen Getränkekühlschrank, den die fixen Leibwächter in ihrer von der Kölner Sporthochschule angezüchteten Dehydrierungspanik bereits empfindlich dezimiert hatten, als sie dort ankam. Der Schluss des »Bitte«, das

i ‿ itte

stand in ihrer Mindmap für den Rast- und Ruhepunkt des Lebensmittelladens des kleinen, wampetragenden Lebensmittelhändlers. Und für seine feiste Riesenmortadella, die sich in der Vitrine verdächtig sonnte, neben einer Wanne mit tadellos frischem Mozzarella.

bei

der

Das »bei« markierte in Merkels musikalischem Raum-Zeit-Diagramm die Aussichtsterrasse der kleinen Bar, auf der der Maler die Dagonelli merkwürdig angeblinzelt und über das Orange der Orange räsoniert hatte. Das Wörtchen »der« stand etwas kurzatmig für die riesige Terrasse vor der

Barockbasilika, die sie gerade verlassen hatten. Nun blieb über dem Meeresspiegel nur noch das auf einem Hügel errichtete Städtchen, den der folgende Abschnitt der Arie recht treffend abbildete:

o
o ße
r n
g
Schu ◡ uld

Wobei »gro_o_ßen« ironischerweise für die kleinste Stadt der Costiera von Amalfi und ganz Italiens einstand, also für Atrani. Und zugleich dem Grundriss von Atranis zentraler Piazza überraschend ähnelte: einem basaltgepflasterten und von den Klimaanlagen und Kühltheken der an sie grenzenden Eisdielen beheizten Schlund, in den sich schmale Gassen und Treppenwege aus allen Himmelsrichtungen ergossen. Den betraten sie gerade, bei »Sch« (von »Schuld«). Und blieben auf der Piazza auch sofort wieder stehen: Alle Köpfe blickten staunend auf eine massive, gemauerte Blicksperre, in den Nacken gelegt, hoch nach oben. »Ist das die chinesische Mauer?«, fragte die Dagonelli leicht indigniert, aber schlagfertig, und richtete ihre Augen auf den Pater. »Nein, das ist westlicher Brutalismus«, dozierte der Pater mit einem konfuzianisch anmutenden Lächeln: »die Uferstraße von 1962, errichtet anlässlich des Besuchs von Jacqueline und John F. Kennedy in Neapel, Capri und Ravello. Von der Democrazia Cristiana«, Don Francesco senkte seine Stimme etwas, »und von der Mafia.« Ernst blickte er auf den Maler: »Genauer gesagt, ist dies der Unterbau der Uferstraße. Also die Substruktion der langgestreckten Fläche, auf der noch heute die Autobusse und PKWs dahinrasen,« dozierte der Pater weiter, »und deren Fahrer dabei nur die Oberfläche wahrnehmen, nicht aber das, was sie trägt.« Merkel verstand den augenzwinkernden, wenn auch etwas oberlehrerhaften Hinweis des kantianischen Pensionisten auf die Oberflächlichkeit der Malerei. Er verstand aber auch die verborgene Ankündigung einer Überraschung: eine Anspielung auf den gastronomisch gehaltvollen Inhalt des Uferstraßen-Unterbaus.

In den Bögen am Ende der kleinen Bucht befand sich also weiterhin diese kleine Pizzeria, ein ausgezeichnetes Ristorante. Eine erfreuliche Nachricht, dass diese Lokalität nicht geschlossen hatte, nicht generell und hoffentlich auch nicht heute. Sonst hätte die Messnerin ihm und der Dagonelli diese Taverne nicht empfohlen, in der riesigen Magdalenenkirche, während die Altkanzlerin und der Pater vor dem Relief des Fegefeuers parliert hatten. So nährte Merkel seine Hoffnung auf einen baldigen ruhigen Platz am Meer.

Auf dem Weg zur Sakristei vorhin, auf dem Treppenabsatz, hatte die Messnerin das Fenster geöffnet und auf die gegenüberliegende Hälfte der Bucht gewiesen. Ihre Hände hatten die Kurvatur der Fahrbahn, aber sehr bald auch die regelmäßigen Rundbögen der sie tragenden Arkaden nachgeahmt, die Maler Merkel an die S-Bahn-Bögen am Savignyplatz in Berlin und den dortigen »Bücherbogen«, eine Kunst- und Architekturbuchhandlung, erinnerte. Dort hatte der Maler sich lange vor dem Rat des sympathischen, aber insistenten Paters über die Künste der dritten Dimension unterrichtet, über Architektur und »Bild-Hauen«, erinnerte er sich süffisant.

»Alessandros Vater Dario«, wiederholte der Pater die Worte der Messnerin als eine Art Erinnerung an ein Nie-Zuvor-Gehörtes: »Alessandros Vater hat dort, direkt am Strand, in zwei der Bögen eine Pizzeria eingerichtet, der selige Dario. So eine Art Cantina. Gleich nach der Konstruktion der neuen Straße. Und ganz ohne Scheu«, fügte der Pater hinzu, »hat er sich in diesen gigantomanen Bögen eingerichtet. Pizzeria Le Arcate, Understatement, weil eigentlich Restaurant mit allem«, verfiel der Pater in ein polyglottes Kauderwelsch. Die Dagonelli fuhr sich mit ihren schönen, großen Händen durch das zu lange Haar und zwinkerte ihm plötzlich mit dem Veroneser Blau ihrer Augen zu: »Dieser Platz hat mehr zu bieten als Brutalismus und Beton.«

Ähnlich gebannt hatte wahrscheinlich, dachte der Pater im Stillen, Jesus seine kontemplative Wende vollzogen, lange nach der Hochzeit zu Kana, als ihn die zwei Schwestern aus doppelt so vielen gleich großen Augen angeschaut hatten, Maria und Martha. In Kana hatte er noch das Wasser in Wein verwandelt, pragmatisch wie Martha. Mohammed hingegen, dachte Francesco, hätte den Wein des Speisemeisters in Wasser verwandelt. Purist, der er war, der Prophet, so hatte es der junge Francesco jedenfalls bei seinen Koranstudien an der Gregoriana, der Jesuitenuniversität im Zentrum Roms, gelernt – bevor er sich statt dem Jesuitenorden der bescheideneren Braut des Franziskanerordens zugewandt hatte.

Den ebenso pragmatischen wie kirchenfreundlichen Hinweis der Dagonelli, aus Studierendentagen eine routinierte Reisegruppenleiterin (für Studiosus damals), verstand der Pater sofort. Er wandte sich an beide Merkels: »Frau Dagonelli hat recht. Lassen Sie uns kurz der Vita activa den Rücken zukehren und schauen, was uns das Kirchlein in Ihrem Rücken zu bieten hat. Die Vorhalle bietet Schatten.« Von wegen, der Vita activa den Rücken zukehren, schluckte der Maler: Eine sehr steile Treppe führte auf der anderen Seite der kleinen Piazza in eine immerhin geräumige Loggia, die Portikus des mittelalterlichen Kirchleins. Das Tor der Kirche sah alt und sehr verschlossen aus.

»Bietet!«, sagte die Merkel, mit in die schattige Loggia der Kirche eingetreten, zum Pater, der zunächst nicht verstand, »das forderten die Herren vom Bund der Industrie öfter von mir: ›Bietet etwas bei der großen Schuld‹, das sollte ich den Griechen vermitteln, durchsagen. ›Bietet uns die Hafenlizenz für Piräus, bietet der Gelsenwasser AG die Wasserversorgung von Attika, bietet Rheinmetall den Etat für Kettenfahrzeuge der griechischen Gebirgstruppen, bietet Unimog die Erneuerung der Müllflotte in Festland-Griechenland, den großen Inseln und Südzypern‹«, hatten die Herren ihr ganz direkt abverlangt fürs Stillhalten. Die schlimmsten von ihnen trugen Anzug mit Weste in regelmäßiger Kombination mit aufdringlich hellbraunen Halbschuhen. Bei weichen Stoffen fand sie Dreiteiler mit Weste gerade noch in Ordnung, aber nicht diese an den Spitzen unerträglich polierten Schuhe; ein Angriff auf den sozialen Frieden, fand sie. Die wohnten nicht in den Städten, diese Industrie-Sheriffs. Das fand sie bezeichnend: Die wohnten gänzlich isoliert in ostwestfälischen oder in anderweitig provinziell gelegenen Eigenheim-Komplexen vom Format texanischer Ranches.

Thomas Middelhoff, sie winkte innerlich ab. Bodenständigeres Beispiel Mehdorn, rief sie sich zur Ordnung: mein Dorn Mehdorn. Der hatte zusätzlich zu allen seinen Pfründen und einer eindrucksvollen Kollektion von Anzügen aus seriösem Wirtschaftsführerzwirn einen Weinberg, in Frankreich. Der musterte, statt zuzuhören, am liebsten selbstgefällig das jeweilige Streifenmuster aus feinster ägyptischer Baumwolle, das seinen Wanst umspannte. Immer wenn es im Kanzleramt wieder einmal um eine der Firmen oder Projekte ging, die Mehdorn zerstörte. Dieser Stümper hatte geschafft, was nicht einmal dem Ersten und Zweiten Weltkrieg und auch nicht der DDR gelungen war: die Bahn zu ruinieren. Der Mehdorn hatte die Bahn von Grund auf ruiniert. Synonym fällt heute aus, dachte sie. Munter gepfiffen, wie ein Schaffner am Bahnsteig, hatte der auf Sekundärtugenden wie Pünktlichkeit und Zuverlässigkeit, gestattete sich die Merkel eine seltene Albernheit. Und zwar nicht zugunsten irgendeiner Primärtugend. Schon durch die blödsinnige, selbstverliebte Art, mit der Mehdorn, selbstreferenziell, auf seine Hemdstreifen und die schurwollenen Nadelstreifen seiner teuren Maßanzüge starrte, hatte er jedes Gesprächsklima verdorben.

Mehdorn schaltete bei Sitzungen und Beratungen grundsätzlich auf Durchzug. Das führte dazu, dass bereits in den Jahren ihrer noch unangefochtenen Kanzlerschaft die Durchsage »Dieser Zug fällt heute aus« in den Bahnhöfen der Republik ohne Skrupel und Reue heruntergeleiert werden durfte, wie ihr Kolb mehr als einmal berichtet hatte. Der Mehdorn stieg nach den Terminen bei seinem Chauffeur ein, wie die anderen Granden von den Landschaftsverbänden und der Bahn. Während Mehdorn in seinem Porsche Cayenne chauffiert wurde, spazierte die Mutti nach Hause an den Kupfergraben, unerkannt, freute sich die Altkanzlerin über sich selbst.

In der Loggia standen sie nun auf halber Höhe: zwischen dem Boden der heißen Piazza und der Fahrbahn der Hochstraße, von der sie lediglich die Brüstung sehen konnten. Frühe Sechziger Jahre, aha, sagte sich der Maler. Die Idee hätte auch von Mehdorn sein können; ein idyllisches mittelalterliches Städtchen vom Meer zu trennen durch einen massiven Riegel, durch diesen aquäduktartigen Straßenunterbau. Durch eine Art gekurvten Klotz, dachte er. Die Kirche sah geschlossen aus und diese jede Sicht aufs Meer versperrende Riesenmauer gegenüber wirkte auch nicht sehr gastfreundlich, konstatierte die Merkel: »Wär' ich Kanzlerin, würd' ich vielleicht sagen: ›Bietet uns was zu essen an.‹« Sie lächelte dem Pater und der Dagonelli zu: »Die jungen Leute haben Hunger, die hätten oben schon fast die Mortadella konfisziert. Kolb hat seit 7.30 Uhr nichts mehr gegessen. Und Sie«, sie sah dem Maler dezent aufs Bäuchlein, »Sie haben vielleicht auch schon ein wenig Appetit. Nach unserem Retro-Frühstück.« »Per aspera ad astra«, lächelte der Pater nach rechts und links, zur Merkel und zur Dagonelli, und fuhr fort: »Nehmen wir die Treppen zur Piazza hinunter und dann gleich die nach oben zur Straße. Die Stiegen sind in den mittleren Bogen eingebaut. Und dann brauchen wir nur noch zum Strand hinunterzugehen, zu Darios Pizzeria. Das haben wir in drei Minuten.« Der Escher mit seinen Treppen hinauf und hinab, der hatte eigentlich nur abgezeichnet, fand Maler Merkel. »Aber die Kirche hinter uns«, vereitelte die Dagonelli zum zweiten Male die prompte Ausführung des gastronomieorientierten Plans des Paters, »lassen wir die links liegen?« »San Salvatore de' Birecto, leider geschlossen«, erwiderte der lokalhistorisch bestens bewanderte Priester. »Die Krönungskirche der amalfitanischen Dogen. Eine Seerepublik damals. Amalfi, Atrani und Ravello waren Bundesstädte des amalfitanischen Staates«, dozierte er weiter. »Neben Genua, Venedig und Pisa die mächtigste Seerepublik des frühen Mittelalters. Bis die Pisaner 1135 und endgültig 1137 kurzen Prozess machten. Der Name de' Birecto bezieht sich nach Meinung der Leute von Atrani auf den Dogenhut, das Birett, das Barett der amalfitanischen Dogen. Del Birecto ist aber eher eine Verballhornung von *libetto*, was altkampanisch Pfütze, Tümpel oder Brackwasser bedeutet. Hier sammelten sich die Wasser der herbstlichen Sturzbäche. Ähnlich erklärte sich der antike Geschichtsschreiber Diodor den antiken Namen der Stadt,

Atrano, aber dessen Ursprung liegt letztlich im Dunkeln«, wusste der Pater. Auf den ist Verlass, auf den Vize-Prior, konstatierte die Merkel anerkennend, im Stillen.

Kolbs Blick vermaß die Abstände zu den verschiedenen Einmündungen der ehemaligen Pfütze, der heutigen Piazza. Er hätte auch lieber sein GSG-9-Barett aufgesetzt als diese dämliche Baseballkappe mit der Aufschrift TuS ISNY, die ihn als Wandertouristen der dritten Lebensphase tarnte. Sein Kommandanten-Barett hatte er damals in Pullach erhalten. Mitteilung der Ernennung zum GSG-9-Gruppenleiter in Bad Godesberg. Dann Aushändigung der Berufungsurkunde in Sankt Augustin bei Bonn durch den Innenadler persönlich. Aber Übergabe des Baretts traditionell beim Weißwurst-Frühstück in Pullach! Mit dem BND-Vorsitzenden und den Jungs. Der Gründer der Grenzschutzgruppe 9, der legendäre Malta-Müller, überreichte ihm das Käppi dort persönlich. »Nicht zum Aufsetzen«, informierte ihn Müller. »Das Barett kommt wieder in die Vitrine. Wegen des Einschusslochs. Aus Malta.« Bonzo, wie der BND-Direktor im GSG-9-Jargon genannt wurde, hatte wissend genickt.

Kolb schaute sich um. Während er sich erinnerte. Auf der Piazza herrschte Ruhe. Nur ein fittes Rentnerpärchen, das sich einen Limonen-Smoothie gönnte, stellte Kolb unter seiner Isny-Kappe fest. Im Augenwinkel beobachtete er aber auch, wie der Pater die Bronzetür der Kirche fixierte und zu erklären begann. »Abschalten, Kolb«, sagte er sich selbst.

Wieder schweifte der sehnige Personenschützer innerlich ab: Speedy Gonzales hieß der Müller bei der Truppe eine Zeit lang, der schwor waffentechnisch auf seine Uzi – die Jungs alle mit Heckler & Koch-Sturmgewehren, aber Speedy immer mit der feingliedrigen Uzi. Diese Maschinenpistole hatte ihm der Wischnewski noch persönlich erlaubt. »Mein Wort«, hatte der Wischnewski gesagt, unter Umgehung des Innenministers, Bonzos, des Personalrates und aller Dienstvorschriften. »Der Wischnewski«, sagte ihm der GSG-9-Gründer bei der abendlichen Enzianrunde im kleinsten Kreis damals, im Pullacher Zirbelstüberl, »der Wischnewski, der hätte selbst dem Idi Amin bleichende Hautcreme aufgeschwatzt.« Bei Wischnewski bestand das Menschsein nicht darin zu sprechen, sondern der bewahrte sich sein Menschsein, obwohl er sprach. Auf Malta hatte Ben Wisch, wie Wischnewski in der Presse gerne genannt wurde, ununterbrochen die Leute eingelullt. Mensch war der vor allem mit den Augen, erinnerte sich Kolb lebhaft. Der blitzte mich kurz an, während er mit dem Hotelportier in Valletta munter weiter plauderte, und da wusste ich, jetzt wird's ernst. Wischnewski redete noch mit der Hotelrezeption, aber nicht aus seinem Hotelzimmer, wie der Portier und sein maltesischer Leitoffizier dachten. Sondern aus dem Lufthansa-Jet, knapp bevor wir unseren Ton aufdrehten, den Sopran von Müllers Maschinenpistole und die Bässe unserer Maschinengewehre. Der bestellte sich später noch ein Kännchen extra kalte Milch aufs Zimmer, der Wischnewski, bei der Rezeption, zur Ablenkung, per Funktelefon, da waren wir und er schon im italienischen Luftraum und mussten keinen Kugeln mehr, sondern nur noch den Korken von Sektflaschen ausweichen.

Maler Merkel hätte gerne eine dieser Kappen aufgesetzt, gegen die gleißende Sonne. Immerhin bot die Vorhalle der Kirche Schatten. Architektur ist gut gegen Kopfschmerzen, aber selten Kunst. Meistens zu symmetrisch. Oder allzu unsymmetrisch, bei Gehry und Co. Das dachte er. Aber schwieg. Ab dem Birett oder Barett hatte er nicht mehr zugehört, blieb dem Pater jedoch verbindlich zugewandt. Und schaute, nur gelegentlich und unauffällig, auf das schwarze Muttermal der Dagonelli. Das hätte auch die Rosalba Carriera nicht kopieren können.

Die Malerei zielt auf das Typische und abstrahiert vom Einzelfall. Produktive Störungen ergeben sich erst durch Überlagerung von Typen, nicht durch die Darstellung des schlechthin Atypischen, die nicht möglich ist. So spielte Merkel das kleine Einmaleins seiner Kunsttheorie durch, das im Angesicht dieser seriellen byzantinischen Bronzetür offenbar gefragt war. Die blonde Hanseatin mit einem tiefschwarzen Muttermal wie dem der Dagonelli, der er gestern im sogenannten Maurischen Kreuzgang von Amalfi begegnet war, die hätten selbst die Maler Tizian und Philip Guston, seine Helden, nicht malen können. Tizian hätte das Muttermal übermalt, sozusagen. Aber Guston hätte das Mal gemalt und die Hanseatin weggelassen. Die Augen des Malers hatten sich inzwischen den Reliefs der Bronzetür zugewandt. Er hörte Padre Francescos Erläuterungen:

»byzantinische Werkstatt ... Bestellung direkt in der Hauptstadt ... dort Produktion mehrerer Türen für verschiedene Städte Süditaliens ... auch für Ravello ... ähnliche Türen auch in ... stolze mittelalterliche Künstlersignatur ... hier allerdings keine erzählenden Felder ... mehrere Reliefs zeigen genau identische Formen.« Langweilig. Nun fiel der Pater zum Glück ins Italienische und die Dagonelli übersetzte: »Die Relieffelder sind teils in denselben Formen gegossen worden, etwa das Wappen von Amalfi, das hier gleich mehrfach auftaucht. Offenbar sparten die Leute von Atrani nicht am Material, sondern am Entwurf.« Kein Wunder, dass die Republik Atrani-Amalfi unterging, kommentierte die Merkel innerlich. »Und sie liebten die Symmetrie«, fügte die Dagonelli mit ihrem ebenmäßigsten Lächeln hinzu, das von dem schwarzen Muttermal asymmetrisch bereichert wurde, beobachtete Maler Merkel. Viermal dasselbe Wappen mit dem Kreuz-Logo und zweimal exakt derselbe Drache in den hochrechteckigen Bildfeldern der Bronzetür, das erinnerte Dagonelli an die Pressekonferenzen der »Ministerpräsident*innen« der Länder in den Landesvertretungen »beim Bund« in Berlin. »Die wiederholen sich bis zur völligen Sinnaushöhlung, diese Pressekonferenzen«, hatte der Pressesprecher der *Vertretung des Landes Schleswig-Holstein beim Bund* gespottet, als sie, die Studentin Chiara Dagonelli, in der Presseabteilung eben jener Landesvertretung in Berlin ihr Praktikum absolvierte, das von der Passauer Studienordnung vorgesehen war. »Die wiederholten sich ja bis zur völligen Sinnauslöschung«, kommentierte die Altkanzlerin halblaut die konzeptuell sparsame Bronze-Propaganda der Amalfitaner von Atrani. Die Dagonelli nickte wissend, dachte an ihr späteres Volontariat bei der *Vertretung des Landes Baden-Württemberg beim Bund* in Berlin und ergänzte mutig: »Da war dagegen auf die Auftritte Schäubles Verlass, Frau Bundeskanzlerin, der war originell und wiederholte sich nicht, nicht?« Ja, der Schäuble, den hatte sie auch noch nach seinen Ministerjahren regelmäßig in der Berliner Philharmonie und in Bayreuth getroffen, entsann sich die Merkel. Intrigant, aber inspirierend. Der hatte sie einmal nach einem Festakt beiseite genommen, als eine Waldorf-Schülerin aus Castrop-Rauxel als Dirigentin und ein junger Trompeter aus Malawi, der als Stipendiat der Bertelsmänner in Düsseldorf studierte, den ersten Satz des zweiten Brandenburgischen Konzertes dargeboten hatten. Sehr schön. Schäuble sagte ihr aber halblaut: »Bach mag ich nicht, rechnen kann ich selbst.« Und dann hatte er sie noch gefragt, wie der Name Wanne-Eickel wohl ins Lateinische übersetzt werde? Und auch gleich geantwortet: »Castrop-Rauxel.« So ein Unsinn.

Dabei war der Trompeter großartig gewesen, der hatte dann auch beim ökumenischen Festgottesdienst zu ihrem x-ten Regierungsjubiläum die zweite Solotrompete bei der Aufführung der Bach-Kantate *Gott, man lobet Dich in der Stille* geschmettert. Dieses Stück mochte sie ganz besonders. Der erste Solotrompeter war ein dreizehnjähriger, ARD-Preis-gekrönter Han-Chinese aus Nepal gewesen, da hatte sich damals schon, nicht ganz still und leise, abgezeichnet, dass ohne die VR China so manche Tür der

Weltpolitik sich schließen würde, mittelfristig. Merkel guckte immer noch scheininteressiert auf die nachhaltig verschlossenen Türflügel des Krönungskirchleins. »Auch Seiteneingang geschlossen«, murmelte Kolb ihr erleichtert ins Ohr. Die Piazza in Merkels Rücken war nun ganz leer. Mittagszeit, Mittagshitze, Mittagessen: Piazza pulita, wie der Italiener sagt, dachte Kolb, der gerne Sprachurlaube mit seinem Mann auf Sardinien verbrachte, wo es bessere Mountainbike- und Triathlon-Strecken gab als in dieser Limonaden-Puppenstube hier. Francesco schaute enttäuscht auf das schlüssellose Schlüsselloch der geschlossenen Türflügel, aber zugleich so menschenfreundlich drein, wie das erst seit dem 2. Vatikanischen Konzil und seit Johannes XXIII. beim Klerus habituell geworden war: »Innen herrlich, maurische Bögen wie im berühmten Kreuzgang der Kathedrale von Amalfi, leider geschlossen.« Kolb lächelte entspannt, scheinbar bedauernd in die Runde, »Der Seiteneingang auch verschlossen, haben wir bereits gecheckt«, tat er nun auch der kleinen Reisegesellschaft kund, während seine Personenschützer das Treppenlabyrinth, das vom Platz auf die Straße und dann wieder hinunter zur Pizzeria führte, zu sichern begannen.

»Die Jungs brauchen mal wieder ein Salatblatt zwischen die Kiemen. Oder eine Pizza Patate«, strahlte die Dagonelli in die Runde. »So lange es keine Pizza Pommes wird«, gab Kolb zurück, scheinbar kohlenhydrattolerant. Maler Merkel malte sich einen Super-GAU aus. Alle würden nun Kolbs Plan folgen, natürlich ohne Gegenwehr des Priesterstandes. Die schlechteste Pizzeria der Amalfi-Küste würden sie ansteuern. Sicher direkt *neben* Dario. Keine Scamorza in Limonenblättern, sondern Pizza Wurstel. »Scamorza in Limonenblättern«, hatte ihnen die Messnerin im Dom dabei noch nachgerufen und »Zeppole di Santa Restituta, solo oggi«, aber das hatte er nicht verstanden, den Hinweis auf den zimtigen, frittierten Gebäckfladen zur Feier des Feiertages der Hl. Restituta (nur heute).

Halbvoll oder halbleer, das Glas – das müsst ihr buchstäblich offenlassen, hatte ihnen sein zweiter, sein Freiburger Lehrer Dreher erklärt, nun MOMA-Künstler und Künstler der Galerie Imperial. Der hatte gut reden, der wohnte in Freiburg neben dem Winzerstüble und nicht weit vom Salzbüchsle. In diesen Weinstuben gab es immer ein 1A-Viertele, das war weder halbvoll noch halbleer. Das war keine Ansichtssache, da gab es nichts zu drehen, sondern da gab es den Eichstrich. Und der wurde noch großzügig um eine halbe Fingerbreite überboten, lobte Merkel für sich seine Heimat. Peter Dreher hatte allerdings, und zwar ausschließlich und täglich, Wassergläser ohne Eichstrich gemalt. Inzwischen konnte man mit einem gemalten Glas von Dreher eine halbe Glasfabrik kaufen. »Frau Merkel,« versuchte Merkel einen Vorstoß in Richtung Darios Pizzeria, während Kolb nervös die verschiedenen Ausgänge der Piazza musterte. Er wurde durch einen freundlichen, aber bestimmten Miss-Marple-Blick unterbrochen: »Mittagsimbiss, gute Mittelklasse, Kolb, fragen Sie den Pater.« Der sagte nur knapp: »Da waren Sie gerade unterwegs, als wir das besprachen, Herr Polizeioberrat: Darios Le Arcate. Direkt am Strand. Hinter der chinesischen Mauer.« Woher wusste der Pater den Rang des Personenschützers, fragte und antwortete sich der Maler gleich selbst, als er den spöttischen, offenbar hierarchieskeptischen Blick der Dagonelli sah: Den hatte ihm die Dolmetscherin gesteckt.

Der Pater und Vize-Prior wies auf den Treppenaufgang im Inneren des Straßen-Monstrums und lächelte schüchtern gegen die Dagonelli an, die ihr prächtiges Haupthaar mit der Lebenslust einer gut gelaunten Dogge ausschüttelte.

Die Reisegesellschaft betrat bald den verwinkelten Treppenturm unter der Uferstraße, um zum Straßenplateau aufzusteigen. »In Atrani gibt es nur eine gute Pizzeria. Auch Ristorante. Der Sohn von Daniele, Alessandro, kocht dort sehr ordentlich. Ist bei mir im Abendkurs Online-Buchhaltung«, keuchte Francesco, während er den Schritten der Veroneserin nacheilte.

Maler Merkel tippte die Merkel jovial, aber leicht an die Schurwolle ihres Oberarms, während sie Kolb folgten. Und kommentierte erleichtert: »Zum Glück keine Pizza pazza, so eine hab ich mal in Napoli gesehen, da waren himmelblaue Gummibärchen drauf. Ausgelegt in Form einer 10, der Trikotnummer von Maradona. Damals, im Studium.«

Der Merkel ging das ganze Geplänkel langsam auf die Nerven. Am Rand der eben gemeinsam erklommenen Hochstraße, auf dem Rücken des auch von den Einheimischen »Chinesische Mauer« genannten Straßen-Ungetüms also, sahen sie zum ersten Mal wieder das Meer vor sich. Und die Bucht von Atrani. Dieses Mal in Nahsicht. Prachtvoll, dachte die Merkel. Links, wo sie nicht hingehörte, witzelte der Adenauer in ihr, auf einem hohen kubischen Sockel die barocke Basilika der Stiftskirche mit dem glänzend glasierten Kuppelkreisel. Das Halbrund des Strandes schloss sich an, im Sonnenlicht gleißender Sand war ganz rechts zu sehen. Dort kamen auch die äußersten Bögen des Straßenunterbaus ins Bild.

Der Künstler hatte gerade in Miss Marples Augenwinkel ein Tränchen bemerkt. Was er nicht wusste: Die Merkel dachte an Broadstairs in England, Kent. Dort hatte sie kurz nach dem Mauerfall einen Sprachkurs gemacht. Als Stipendiatin der Studienstiftung des deutschen Volkes. Und durch die Zuwendung einer anonymen Spenderin, an die, als Dank, jede und jeder, die am Sprachkurs teilnahm, lediglich eine Postkarte zu senden hatte. »Sehr schön«, sagte die Merkel zu Merkel, »an der Kanalküste, da kenne ich auch so einen sichelförmigen Sinus. Wo hier die Kirche steht, da hat sich dort von seinen Roman-Tantiemen der Dickens ein Kastell errichtet, da blickte der aus seinem prächtigen Garten auf die ganze Bucht. Deren Strand ist perfekt gerundet, wie ein Theater. Schwarze Fischerboote liegen hochgezogen auf dem Sand. Da saß der Dickens dann neben seinem per Dampfmaschine beheizten Feigenbaum und schrieb über die Slums, den Nebel und die Kälte in den Großstädten, die idyllische Meeresbucht im Blick.«

Der Maler staunte. Diese Bucht hier sah ebenfalls aus, als habe sie ein vorsintflutlicher Architekt mittels weniger

Zirkelschläge entworfen. Merkel staunte auch über die Altkanzlerin. Die Schönheit der Bucht brachte sie offenbar ins Plaudern. Unnötige Worte waren sonst ja wohl ihre Sache nicht. Anders die Dagonelli, die offenbar beabsichtigte, einen Diskurs zu beginnen, befürchtete Horst, der eben zum Grüppchen zurückgeeilt war, über die vielen Treppen zu der erhöhten Fahrbahn. Dem prädiluvialen Demiurgen, dem mythischen Baumeister dieser Architektur der Natur wäre sein Zirkel aus der Hand gefallen, dachte Maler Merkel, wenn der das meerblaue Leuchten in den Augen der Dagonelli von Nahem gesehen hätte.

Auch der Pater schweifte ab. Er dachte an jene syrische Glosse zum Hohelied Salomos, die er in seiner Doktorarbeit aus einem damals kürzlich entdeckten Papyrus publiziert hatte, bevor er sich in seiner *Tesi di Dottorato* endlich seinem Hauptinteresse zuwenden konnte: *Die Kirche und der dreifache Zweifel Kants*, mit diesem Titel war seine Habilitation dann bei Herder in Freiburg auf Deutsch erschienen. Aber so sehr konnte Aufklärung gar nicht leuchten, dass sie nicht geblendet würde durch die Augensterne einer Dagonelli, taxierte der Pater und dachte an seinen wissenschaftlichen, den syrischen Erstling zurück.

Das war den Autoren des Hoheliedes *in enigmitate* klar gewesen, glaubte der Pater, wobei der Glanz der Augen im Hohelied natürlich für den unaussprechlichen Splendor der geistlichen Gaben stand. Der Lehrer seines Lehrers, Hans Urs von Brieg, hatte das jedenfalls behauptet. Dabei wurde das Thema der Symmetrie ganz rational behandelt im Hohelied, Zähne zählend: »Deine Zähne sind wie eine Herde geschorener Schafe, die aus der Schwemme steigen. Jeder Zahn hat sein Gegenstück.« Das klang etwas pedantisch, fand Pater Franziskus. Hingegen: »wie die Zwillinge einer Gazelle, die in den Lilien weiden«, das tönte poetisch und nach Van Gogh, das würde der Dagonelli und auch dem Maler gefallen, kombinierte der Pater. Wolfgang Kemp aber, dessen Werke zur bildnerischen Kombination der Bücher (biblia) der Bibel zum Buch der Bibel (biblia) im Mittelalter er nun ja bald in Ruhe ins Italienische übersetzen können würde, hätte den Hintersinn verstanden.

Die Betrachtung der Bucht übernahm nun die Dolmetscherin: *Theatri curvaturae similis*, deklamierte sie seelenruhig. »Von der Natur gerundet wie ein Theater. So hatten sich Vitruv und die antiken Geografen den idealen Ort vorgestellt, gebildet aus halbkreisförmigen Anhöhen«, berichtete die Veroneserin. »Die Natur war ihnen ein Werk der Vorsehung, einer planenden und regelhaft formenden, einer kunstfertigen Natur, deren gelungenste Schöpfungen durch Symmetrie und Ebenmaß gekennzeichnet sind.« Unschlagbar, dachte Maler Merkel, der in den Halbkreis um die beschlagene Veroneserin eingetreten war, dieses Muttermal, das völlig unpassend und einsam auf dem sommersprossigen Teint der Dolmetscherin furunkelte.

Teils mit Blick auf die unter ihr liegende Bucht, teils auf die Dagonelli, die inzwischen bei einer stark verknappten Darstellung von christlichen Umdeutungen der stoischen Providentialgeografie durch die Kirchenväter angelangt war, hingen die Urlauber ihren Gedanken nach. Nur Kolb linste nach rechts und links, wo seine Adepten über

Ferienhausgartenmauern kletterten und Tauben und Möwen aufscheuchten. Planende Naturkraft. So ein Scheiß, dachte Kolb. Die hätt' ich auch gerne in einen Mangrovenwald hineingeschickt mit einem Micro-Submarine, diese antiken Geografen, da wären auch die gleich festgehangen, während die Tamilen ganz planmäßig, plop, plop, plop, ihre Wasserminen abluden, dann näher, plopp, plopp, plopp, gruselte es Kolb heute noch. Das war bei der Geiselbefreiung anno 1998 gewesen, auf Ceylon. Sein Ehemann ließ dann immer Beethovens Sechste, die »Pastorale«, laufen, wenn er im Schlaf laut »plopp, plopp, plopp« schrie, aber eher im Rhythmus der ersten Takte der Fünften, in ihrem Bett in Kleinmachnow: »Die Pastorale beruhigt Dich doch immer, Schatz.«

»So klopft das Schicksal an die Pforte«, so ein Scheibenkleister, hatte Kolb gelacht, als er dieses vorgebliche Beethoven-Zitat mal in einem Programmheft über die 5. Sinfonie Beethovens gelesen hatte. Das war bei einem Staatsbesuch in Venezuela gewesen, da hatten sie dort so ein Orchester aus den Slum-Musikschulen gebildet, da war sogar die Mutti tief beeindruckt gewesen, was die Jugendlichen auf ihren sozialistischen Plaste-und-Elaste-Geigen herausmusiziert hatten. »Das ist mehr als gute Mittelklasse, Kolb, Kolb«, hatte da die Merkel bemerkt, zum ersten und zum letzten Mal »mehr als« und »Kolb, Kolb«.

Das Programmheft hatten die Venezolaner sogar ins Deutsche übersetzt, für die Mutti, damals die »wichtigste Frau der Welt«. Jetzt stand sie da, in der kleinsten Stadt Italiens, oder besser über ihr, auf einer brutalistischen Fahrbahn, die Bundeskanzlerin der Bundesrepublik a.D., scheinbar als harmlose Großmutti, setzte Kolb seinen inneren Monolog fort. Aber der Schein trog, wusste er. Angie war noch voll auf Zack. Die benutzte ihr BlackBerry immer noch leidenschaftlich. Darum wurde ihr Mobiltelefon auch noch von mindestens fünf ausländischen Geheimdiensten abgehört. »Dem Merz«, pflegte sie fast spitz zu sagen, »dem haben sie nicht mal die Anwaltskanzlei verwanzt, bei mir fahren sie Sonderschichten, wenn mich mal der Barack oder der Wladimir anrufen.« Einmal war sie ins Detail gegangen: »Der Obama aus einer Harvard-Caféteria und der Putin nach wie vor aus seinem Fitnessraum neben seinem Swimming-Pool im Kreml. Die fragen mich doch tatsächlich manchmal um Rat, Kolb. Putin sagt immer, ›Katharina die Große und Maria Theresia kann selbst ich nicht mehr anrufen, und Elisabeth II. mag mich noch weniger als Sie, Frau Bundeskanzlerin.‹ Ich geb dann immer ganz pragmatischen Rat, Kolb, ich sag ihm, ›teil dir die Welt mit den Chinesen auf, du bist für die Monotheisten zuständig und die Chinesen für die Polytheisten. Ihr hattet doch lange den orthodoxen Patriarchen in Istanbul sitzen, da nimmst du neben Europa das ehemalige Osmanische Reich, haust den IS zusammen und lässt nur Iran und der Schweiz und Liechtenstein Selbstständigkeit als Vasallenstaaten. Die USA werden Agrarland und aus

Lateinamerika machst du eine Sonderwirtschaftszone. Die Chinesen kümmern sich um Afrika jenseits der Sahara und den größeren Teil von Asien. Australien und Neuseeland verkaufst du dem Club Méditerranée, der gehört sicher längst einer Holding aus Hongkong.‹ Dann fragt mich Putin: ›Und die Türken, mach ich das mit den Türken? Für die bin ich doch Vorbild?‹ Dann müssen wir immer lachen. Und reden dann ernsthaft. Klein, klein, Kolb, klein, klein.«

»Im Ernst«, hatte die Merkel vorhin zu ihm gesagt: »In China hab' ich noch was gut. Ich hab' ein U-Boot auf 14.30 vor die Pizzeria bestellt, per SMS nach Beijing. Die VR China hat doch auf Capri eine Villa geschenkt bekommen, die Villa Malatesta oder so, diesen roten Kubus mit der Treppe als Dach aus Godards Film. Den haben wir uns für den Kupfergraben mal auf DVD bestellt, mein Mann und ich. Habe in Peking dorthin Transfer angefragt.«

Godard, der Salonlinke, dachte Kolb, und die Bardot, später bei den Ultrarechten, die mochte tiefbraune Pudel am liebsten. Er mochte beide nicht, zu extrem. »Regisseur links, Kolb. Aber ein super Film«, hatte die Merkel ihm einmal in Berlin gesagt, über Godards *Verachtung*, beim Warten. Da hatte die keine Vorurteile, die Mutti, sondern sie hatte noch ironisch hinzugefügt: »Wertarbeit, Qualität, Innovation, das gibt's auch bei Linken, sonst hätten wir zusammen mit der SU und den Bruderstaaten den Sputnik nie in den Kosmos geschossen.«

Nun also die Chinesen. Statt Uber-Taxi ein volkseigenes Unterseeboot. Einmalig, die Chefin. »Nur drei

Passagiere, hat mir der Dr. Yu aus Beijing gesimst. Also Sie, der Pater und ich, Kolb!« Merkel gab Kolb nun kurze Direktiven für den Rest des Tages: »Horst, Kevin und Kollege steigen zu Fuß zurück ins Hotel; Frau Dagonelli und Herr Merkel mit ÖPNV nach Neapel ins deutsche Konsulat; Jungs bringen Gepäck dorthin. Nahverkehr oder Dienst fahrzeug, kein Heli, nicht übertreiben, Kolb.« Muttis Steno-Stil, einmalig. Aber manchmal fehlte ihm die komplexere Logistik während Merkels Amtszeiten. Auch diese Aufgabe hat ihren Reiz, fing sich Kolb.

Ohne die baldige Trennung zu erahnen, liefen der Maler und die Übersetzerin neben dem Pater über den Strand der kleinen Bucht, im hinteren Bereich mit seinen gröberen Kieseln. »Noch ein wenig nach rechts«, wies der Pater. Unter diesem Bogen, zeigte Don Francesco, »da ist die Küche von Alessandro und seinem Vater Dario.« Neugierig guckte die Reisegesellschaft in die hohe Bogenöffnung. »Top Küche«, rief Maler Merkel, so etwas sah er sofort. Und wirklich: Unter der Fahrbahn, auf der jedes Jahr allein 1,8 Millionen Fahrgäste in Bussen von Sorrent nach Salerno und vice versa rollten, hatte Dario sich und seinem Sohn einen Ort der konzentrierten Arbeit, eine einfache, aber gepflegte Edelstahl-Gastroküche geleistet. Qualität wie in Baiersbronn, dachte Maler Merkel, aber ohne Schnickschnack wie Dampfgarer und Molekularbereich. Und hinten der Holzofen. Für Pizza, Focaccia und ausdrucksvolle, aber unprätentiöse Ofengerichte, taxierte er die Lage. Dabei die Pizza Margherita nur 4,50 Euro, das goutierte wiederum die Altkanzlerin beim knappen Blick auf den Aushang. Wegen ihrer Reisekostenabrechnungen hatte sie noch nie Probleme mit dem Finanzreferat oder gar dem Rechnungshof bekommen, ganz anders als einige Kollegen des In- und Auslandes, die hatten in den Fischrestaurants ihrer dienstlichen Arbeitsessen öfter auf die Fischvitrine als Ganzes gezeigt. Darum hatten sich die Beamten vom Rechnungshof immer gefragt, warum bei einem Arbeitsessen mit Oligarchen als zweiter Gang lediglich »Fischsuppe« für alle auf den Tisch kam, die aber für 200 Euro pro Gast. So die Quittung. Alt wie Methusalem, der Trick mit der Fischsuppe als tarnendes Synonym für überbordende Fischplatten. Exzellente, maßvoll bestückte Fischplatten gab es hier an der Amalfiküste, wenn man wusste wo, fangfrisch – gesotten, gegrillt oder aus der Pfanne, mit einer für die Gegend typischen, leichten und zart zitronigen Pfefferminz-Marinade. Aber hier, bei diesem Dario wahrscheinlich nur auf Vorbestellung. Sie mochte frischen gegrillten Fisch, aber den aß sie lieber in Ruhe, bei ihrem Lieblingsitaliener an der Havel, mit Joachim. Und zahlte selbst.

Am Eingang zum Ristorante war eine Glasvitrine aufgestellt. An der Schwelle zum Gewölbe, in dem der Gastraum untergebracht war. Die war kein karibisch-mediterranes Trockenaquarium mit Fängen aus fernen Treibnetzen, sondern da lag offenbar die Vorspeise des Tages aus. Und sonst nichts. Schlicht und ergreifend, dachte Maler Merkel, um Winckelmann nicht zu wörtlich zu zitieren. Da funkelten Schwertfisch-Klötzchen im Sonnenlicht, von goldgelbem Olivenöl benetzt – und farblich durch Tomaten-, Zwiebel- und Selleriestückchen aufgelockert sowie mit wuchtigen Spalten von Amalfi-Zitronen akzentuiert. In der Vitrine war dieses Antipasto in einer eckigen Glasschüssel ausgestellt, die den Künstler in Merkel natürlich gleich an die frühen Post-Minimal-Arbeiten Hans Haackes erinnerte, an dessen frühe Plexiglaskästen. »Un po' di tutto« rief der Pater, wohl unbeeindruckt von der minimalistischen Tagesauslage, ebenso jovial wie effizient in die Küchenhöhle, die unter dem Gewölbe nebenan untergebracht war. Damit unterbrach nicht nur er die Assoziationsabenteuer des Professors. Denn des Malers Auge war gerade auf ein altneapolitanisches Stillleben aus geräucherten Käsescheiben in Zitronenblätter-Päckchen gefallen. Es war offenbar für die umsichtige Erwärmung im Holzofen bestimmt.

»Ein bisschen von allem«, übersetzte die Dagonelli die inklusive Bestellung des Vize-Priors. Ein Motto, das zu meinem Passauer Abschluss als Kulturwirtin perfekt passt, dachte sie. Der Pater zwinkerte der Altkanzlerin vorsichtig zu: »Nach den Vätern ist katholisch ja das, was immer und überall geglaubt wird.« Und schon zitierte sich der gelehrte Pater um eine ökumenische Klippe herum, »Euer Goethe meinte ganz ähnlich: ›Nehmt alles immer in allem.‹« »Und zwei Pizza Pommes und einen großen Salat mit Joghurt-Dressing«, rief die Dagonelli auf Italienisch, heiter, aber mit expressiv exkulpierender Gebärde beider Hände hinterher, »für die ragazzi.«

Zwei Tische wurden zusammengestellt, mit Aussicht, versprach Alessandro. Die Personenschützer sollten ja nicht am Katzentisch sitzen. »Herrlich hier, im Schatten«, seufzte es aus dem Maler. Der Blick der auswärts Sitzenden fiel auf einige noch leere Tische, die bereits auf dem Geröll und Kies der flachen Bucht standen, auf einen Streifen grauen Strandes und dann auf einen schmalen Saum aus feuchtem Sand. Auf eine sanfte Brandung, auf der weißgraue Möwen herumspazierten und nach Weichtieren pickten. Schließlich auf die ganze Bucht, die sich weit zum offenen Meer hin öffnete. Kolb sah kurz nicht hin, er öffnete eine SMS der Altkanzlerin: »U-Boot für 14.30 vor der Pizzeria bestätigt.« Nicht schlecht, die Merkel hat Realitätssinn, dachte Kolb. Das sagt mein Mann ja auch immer: »Die hat Sinn fürs Machbare, die Merkel.«

Die Altkanzlerin arrangierte die Sitzordnung. Ehrenplätze mit Blick aufs Meer für Künstler und Klerus, sie gegenüber neben der Dagonelli, an den Tischenden das Wachpersonal mit Möglichkeit zum jeweils umfassenden Überblick: auf der einen Seite Kolb und auf der anderen die »drei Niedersachsen«, wie die Merkel die Leibwächter, die schon alles gesichert und geprüft hatten, freundlich und knapp begrüßte. Kevin, Horst und Schulte-Niesenstedt, der eigentlich aus dem westfälischen Kattenvenne kam, hatten noch kurz den sehr übersichtlichen Hafen dieser Perle der ehemaligen Republik von Amalfi »gecheckt« – wie sie zum Missfallen der Übersetzerin auf Denglisch berichteten. Die checkten ein, dann checkten sie rum und dann checken sie aus, dachte missbilligend die Dagonelli, während Horst konsequent an ihr vorbei eine tollpatschige Jungmöwe fixierte. Der Horst war ausgesprochen tierlieb, bestätigte sich Kolb in Gedanken seine Entscheidung für Horst, in der Auswahlkommission für die GSG 9.

Die Chefin zeigte gerade ihren besonders konzentrierten Gesichtsausdruck. Den setzte sie immer auf, wenn sie wirklich etwas besprechen wollte. Bei Tisch und im Flugzeug wollte die Mutti nicht herumlabern, sondern mal ganz in Ruhe zur Sache kommen. Damit hatte sie einige ihrer Kollegen zur Weißglut getrieben. Silvio Berlusconi zum Beispiel, den sie aus unerfindlichen Gründen manchmal »den Sylvaner« nannte – vielleicht weil sie den Franken aus Erfahrung eher abgeneigt war, erinnerte sich Kolb. Den Sylvaner, den hatte sie damals auf die spektakuläre Senkung der italienischen Ausgaben für die Universitäten im Allgemeinen und im Besonderen für die Universität von Rom und die südwärts gelegenen Hochschulen angesprochen – da war dem Berlusconi als einzige Universität die Federico II in Neapel eingefallen; von Cosenza, Catanzaro, Reggio und Messina, von Palermo hatte der offenbar nur in ganz anderen Zusammenhängen gehört. Aber nicht von deren Universitäten. Mutti hatte dem Silvio gleich einen Masterplan für Sonderforschungsbereiche, Exzellenzcluster und Grakos entworfen, dass es eine Freude war. Graduiertenkollegs, verbesserte sich Kolb im Stillen, beziehungsweise Graduiert*innenkollegs. Oder bei Bush Zwei, da hatte die Merkel auch einmal diesen Blick gehabt.

Dem jüngeren Bush, dem hatte die Kanzlerin nämlich haarklein erklären müssen, dass Jesus nur Aramäisch gesprochen hatte, obwohl das Neue Testament ihm griechische Worte in den Mund legte. Mit Ausnahme des »Eli«, aber schon das war dem Bush zu hoch. Dabei logisch, weil das Neue Testament in griechischer Sprache abgefasst worden ist und fremdsprachige Zitate nicht gut sind für den Lesefluss. Dass aber die Aramäer bis heute Aramäisch, also die Sprache Jesu, sprechen und zwar im Irak und, und, und … Da war der Bush baff gewesen. »Brennender Dornbush«, hatte die Merkel nach ihrem Proseminar für den mächtigen Texaner bitter gewitzelt. Immerhin war dem Bush so langsam gedämmert, um welche Gegend im Irak es ging in diesem Strategiegespräch mit der Bundeskanzlerin. Dann hatte der Bush ausgerufen: »Ups, das ist doch die Gegend, wo wir kürzlich die neue Uranmunition ausprobiert haben. Die haben wir uns ausgesucht, weil sich niemand die seltsamen Ortsnamen dort lange merken kann.«

Der Juniorchef näherte sich leise Don Francesco: »Ich hab im Internet nachgeschaut, was Joghurt-Dressing ist. Ich versuch das, weil Sie's sind.« Scherzhaft fügte er noch hinzu: »Für die Pizza Pommes komm ich dann in die Beichte. Ansonsten servier ich Euch un po' di tutto: also Antipasti, Capunti mit Muscheln und Zucchinistreifen, ein Rezept meiner apulischen Tante. Dann eine schöne Frittura di pesce, frittierte kleine Fische in dieser Papiertüte, die die Touristen so mögen. Mit grünem Salat. Die großen Tiere kommen erst wieder morgen, wenn die Feiern für Santa Restituta oben zu Ende sind.

Der Kellner stellte drei große, beschlagene Wasserflaschen auf den Tisch. Lete hieß die Marke, wie die Dagonelli bemerkte, unmittelbar nachdem sie das kantige Profil Horsts ein wenig auf sich hatte wirken lassen, gegen ihren Vorsatz. Lethe, Strom des Vergessens, als solcher war vielleicht der Weißwein geeigneter, der gerade in einem eisigen Kühler auf den Tisch kam. Padre Francesco erkannte das Etikett. Er schenkte ein und stellte den frischfruchtigen, hellen Wein mit den Worten vor: »Ehrliche Leute panschen nie den apulischen Wein hinein. Lage Tramonti, volle Frucht, und die strahlige Frische der salzigen Meeresbrise über Amalfi und Positano.« Er klang schon wie ein deutschsprachiges Gastromagazin, fand der Maler. Das war aber nur die Einleitung, gleich folgte ein Bruch: »Seit Kurzem müsste dieser Wein aber noch salziger sein. *Lacryma Christi*«, zitierte der Pater melancholisch die berühmte Weinlage *Tränen Christi* an den fruchtbaren Hängen des neapolitanischen Hausvulkans. »Die Winzerfamilie dieser Flasche, die kommt nicht vom Vesuv, sondern aus dem Hinterland Amalfis, aber Lacryma, Tränen, die kennen die jetzt auch. Die schickten ihren Sohn, einen meiner Schüler vom Gymnasium in Avellino, auf die Landwirtschaftshochschule nach Neapel und dort haben sie den Jungen angefixt, die Kleindealer vom Cetara-Clan.«

»Lethe«, sagte er sachlich, als er der Altkanzlerin nach kurzem Innehalten das Wasser nachschenkte, »vielleicht wünschen Sie sich manchmal auch einen Strom des Vergessens, Frau Bundeskanzlerin?« Der Lehrling brachte den seitlichen Wächtern die Cola Zero.

Da war sie wieder, die Merkel-Raute. Statt eilig zum Glas zu greifen, hielt die Merkel inne. Einmalig, dachte Kolb, ganz die Alte. Die Altkanzlerin blickte fest auf den gleichfalls pensionierten Gottesmann und schien seine Frage zu würdigen. Ihre Finger hatte sie vor ihrem kaum aus der Form geratenen Bauch auf die bewährte Art zusammengefügt – symmetrisch.

1A, dachte die Dagonelli, während sich die Züge der Altkanzlerin weiter lockerten: 1A schaut die Merkel wie die Maria Theresia des Maria-Theresia-Denkmals in Wien. Die Merkel konnte so neutral gucken wie Zumbuschs thronende Kaiserin, tauchte die Dagonelli in Wiener Erinnerungen ein. Eine gigantisch große Bronzeplastik der Herrscherin auf granitenem Podest, auch darum heiter, weil sie ihrem gigantomanen Postament und ihrem hohen Steinsockel durch subtile Kunstmittel enthoben war. Der Bildhauer, der Zumbusch, der war aus Oldenburg gebürtig, der Stätte des akademischen Wirkens des Professors.

Zumbuschs Wiener Maria-Theresia-Denkmal hatte sie einmal innerhalb eines kulturwissenschaftlichen Seminars über das Modethema »Die Körper des Königs« in einem Referat vorgestellt. Das gigantische Denkmal war um 1880 zwischen dem Natur- und dem Kunsthistorischen Museum in Wien errichtet worden – auf einer Grundfläche von sechshundert Quadratmetern. Erinnerte sie sich. Zumbusch hatte das polierte Granitpostament und das darüber aufragende, säulenflankierte Sockeloktagon in die reinste

Männermaschine verwandelt: An jeder Ecke der glückskleeförmig ondulierenden Riesenplatte des Postaments saß ein Feldmarschall, auf seinem Pferd natürlich, und hielt seinen Kommandostab in eine der vier Himmelsrichtungen. Dazwischen Nischen. Aus denen traten jeweils Zivilisten heraus, alte Bronzemänner, in gesellschaftlich gehobener Kluft des 18. Jahrhunderts. Kanzler Kaunitz; der Bach-Fan, Beethoven-Mäzen und Bibliotheksdirektor van Swieten; alle möglichen Minister und Berater. Alles alte weiße Männer, trotz bronziertem Teint, eh' klar, nur das Kind Mozart eine Ausnahme. Im dunklen Raum jener Nische, die dem Café des Kunsthistorischen Museums gegenüberlag, an dessen Fensterwand sie mit * gern gesessen war, froh, Passau einige Tage entflohen zu sein, schienen schon neue Herren bereitzustehen. Funktionäre, die keine wirklichen Herren gewesen waren. Sondern Subjekte Maria Theresias. Untertanen, wie auch jene in den Nischen sichtbaren, in sie vollplastisch eingestellten, in voller Montur dastehenden Typen mit ihren uniformen Perücken auf den Köpfen. Blickte man nach oben, den Säulenschäften des Hochsockels unter dem Bronzethron Maria Theresias mit den Augen folgend, so waren über viele Meter keine Figuren mehr zu sehen. Da kam lange nichts mehr. Erst nur Architektur, dumpfrot und dunkelgrün. Abstandschaffende Würdeformeln. Dann wieder Bronzefiguren: vier sitzende Allegorien der Tugenden, weiblich. Und endlich, auf einem Mordsding von Thronsessel: die Magna Mater, die Königin von Österreich (oder Erzherzogin, das wusste sie nicht mehr), und Königin von Ungarn und Böhmen, vulgo die Kaiserin, also Maria Theresia. Die Herrscherin wendet sich, sah die Dagonelli vor ihrem inneren Auge, mit einer Art Segensgestus nicht etwa zum Naturhistorischen, sondern zum Kunsthistorischen Museum. Wobei sie mit dem auf das Naturhistorische Museum gerichteten hinteren Ende ihres Zepters und ihrer ganzen Haltung zum Ausdruck bringt, dass sie den Bereich der Natur auch ohne besondere, momentane Zuwendung hinter sich wusste. Größere Aufmerksamkeit erforderten offenbar die menschlichen Erfindungen, die genutzt, aber auch gebändigt werden wollten, per Handweisung. Maria Theresias Gesichtsausdruck war trotz dieser Gebärde beinahe neutral und fast unbewegt. Nur ganz leicht lächelte diese Ur-Mutti eines noch vornationalistischen Staates. Androgyn wie eine kambodschanische Buddha-Statue, erinnerte sich die Dagonelli an ähnliche vollplastische Gesichter, die sie während eines ebenso teuren wie letztlich leeren Urlaubs in Angkor Wat betrachtet hatte. Mit diesem verflixten Automanager *.

Bachofens Studie über das Mutterrecht ... pragmatische Sanktion ... so und so viele Kinder ... tu felix Austria nube ... Lieblingstochter durfte Liebesheirat ... Albert von Teschen ... Vor Cisleithanien ... Das Studium der Kulturwirtschaft hatte es an Tiefgang und Vertiefung mangeln lassen, auch bezüglich Maria Theresias und der Doppelmonarchie. Aber informativ und weitgespannt, ihr Studiengang: Keywords ploppten verlässlich in ihrem Gedächtnis immer auf, wenn sie einen kulturell kapitalisierten Gegenstand fixierte. Immerhin konversationsfreundlich, dachte die Dagonelli. Und nun lächelte auch die Merkel ein wenig und schaute noch etwas unergründlicher: »Pater,« sagte die Altkanzlerin verbindlich, »Pater, Sie werden ja bald einmal die Gelegenheit haben, die Erinnerungen Konrad Adenauers zu lesen. Ein Meisterwerk. Beginnt im Nazi-Gefängnis von Brauweiler, wo der Gefängnisdirektor dem etwa siebzigjährigen Häftling Adenauer die Schnürsenkel abnimmt. Als Adenauer fragt ›Warum?‹, sagt der Gefängnisdirektor laut Adenauer etwa: ›Sie haben Ihr Leben doch hinter sich. Was haben Sie noch zu verlieren?‹ Oder so ähnlich. Dabei war der Alte danach noch 14 Jahre Bundeskanzler.« – »Hatte ich neulich auch in der Hand«, warf Maler Merkel ein, »die drei Bände standen feist und völlig unerwartet in der Bibliothek der Villa Romana in Florenz, da war ich Gast, als Teilnehmer einer Ausstellung über Metamalerei. Hatte ich gar nicht gewusst, dass der Adenauer noch eine mehrbändige Summe gezogen hat, da muss der ja schon achtzig plus gewesen sein, der war ja ewig Kanzler.« »Bis 1963«, warf der Pater etwas zu strebsam ein, fand der Professor. »Ja, da hat der Warhol gerade seine Brillo-Boxes und seine besten elektrischen Stühle produziert, Spitzenjahr 1963, während sich der Alte noch bis Mitte der Sechziger zu Wort meldete«, konnte es der Kunstprofessor nicht lassen, ebenfalls Kenntnisse durchblicken zu lassen. »Brillo-Boxes und elekrische Stühle gemalt« statt »produziert«, das wollte der Maler offenbar nicht sagen. »Das waren ja Siebdrucke«, erfreute sich die Dagonelli an ihrem kulturwissenschaftlichen Wissensstand, während Horsts konziser Kopf die Bucht musterte, inzwischen informiert. Noch nicht da, die Schlitzis, da wär' noch Zeit, der Merkel zuzuhören, bedauerte Horst innerlich. Und zog sein Fazit: Der nervt, dieser durchgeknallte Professor, wie damals meine Kunstlehrerin.

»Die Erinnerungen des ›Alten‹,« fuhr die Merkel fort, während sie ihre Raute jovial und bei Erwähnung des alten Adenauer geradezu kollegial musterte, »die hab' ich früh gelesen.« Und nun würde ich heute Abend gerne in dieser Beuys-Biografie weiterschmökern, dachte sie, aber die wird's im U-Boot nicht geben.

Merkel betrachtete ruhig ihre Raute, während Alessandro und der Kellner die Vorspeisen abluden: die glänzenden Würfelchen des Schwertfischs auf zwei mittelgroßen Platten für alle. Kleine Teller: die Einzelportionen gebratener Auberginenscheiben mit prächtigen Petersilienblättern umlegt. Eine Platte mit Riegeln des Gelbflossen-Thunfischs (von der Roten Liste), über den Winter in Olivenöl mariniert. Ein einzelner, blendend weißer, monumentaler Mozzarella, von Kirschtomaten und Basilikumspitzen umkränzt, oben der einzige, goldene Tropfen Öl, der nach lokaler Übung den höchsten Punkt des Ovaloids eines kampanischen Büffelmozzarella krönt, erinnerte sich Maler Merkel an die Sitten des nahen Ischia. Da war der (eigentlich die) Mozzarella noch populärer. Und natürlich die Scamorza-Scheiben in ihren Limonenblatt-Taschen aus dem Holzofen, die nun Räucher- und Zitronenduft verströmten. Der altmeisterlich braune Rand der zurückhaltend zerfließenden Käsescheiben: Maler Merkel gefiel nicht nur das. Auch die wässrigen Weiß-in-Weiß-Marmorierungen in den Pfützchen von Mozzarella-Lake, die von Alessandro absichtlich nicht weggewischt worden waren, sondern die Frische anzeigten, wirkten inspirierend, ließen ihn an monochrome, radikale Malerei denken. Wie nah war da die Gefahr von Lasur und von Kitsch, auweia.

Die drei Jungs bekamen je einen Napf mit Salat vorgesetzt, eine sogenannte Bowl, wie Kolb mit Genugtuung wahrnahm, »nicht nur Pizza Pommes oder Pizza Patate bestellen«, hatte er Kevin noch zugezischt. Einen unwirklich grünen Salat aus Kreta hatte der Lehrling Alessandros aus dem nahen Gemüseladen besorgt, außerdem eine holländische Treibhausgurke und eine Dose Bonduelle-Mais. Ganz fremd: eine Tube Mayonnaise. »Insalata Berlinese« nannte der Koch seine Salatkreation intern, in der Küche; sogar zwei harte Eier hatte er gegriffen. Erst hatte er den Inhalt der Schüsseln für die sportlichen Jungmänner mit seinem für die Gegend exotischen, aber immerhin hausgemachten Joghurt-Dressing übergossen, dann mit Eierscheiben garniert, die mit den grellen Maiskörnern farblich nur mäßig harmonierten. Zur Ablenkung trug der Chef, »für die Erwachsenen«, wie er scherzhaft anmerkte, noch einen Probierteller XL auf. Stellte einen niedrigen, pastetenartigen Zylinder vor den Pater, der jenem Barett erstaunlich ähnlich sah, das der junge Scholl-Latour auf seinen Jugendfotos aus Indochina trug, assoziierte Kolb. Auch Maler Merkel hatte so etwas noch nie gesehen, jedenfalls nicht als Pastete. Höchstens bei der Lektüre Tomasi di Lampedusas – vor dem inneren Auge. Die Tortina des

Hl. Giuseppe, die wurde nie berechnet, die gab es nur für die Stammgäste und Freunde des Chefs. Francesco schnitt das Törtchen auf. »Odi et amo, ich hasse und ich liebe«, zitierte der scheinbar konzentriert schneidende Pater den heidnischen Catull. »Odetamo.« Weil ihm aus dem auberginenumringten, mit würzig duftendem Ragout übergossenen Törtchen eine zugleich herb und süß duftende Füllung entgegenkam: aus wildem Fenchel, Rosinen, geriffelten Penne Rigate, Sardellen und Pinienkernen. Zitat und Duftmischung trafen den Gefühlshaushalt der lateinversierten Dagonelli gegenüber dem harten Horst. Ich hasse und ich liebe, der altgediente Beichtvater ahnte, dass er damit eine emotionale Ambivalenz seiner Nachbarin treffend umriss, als er bei seinen Worten ihre Augen auf dem kantigen Profil des maiskörnermalmenden Triathleten aufleuchten sah. Liceo Classico, altsprachliches Gymnasium, schloss der Padre anerkennend. Schweigsam hatte die Merkel eine weitere Auberginenscheibe halbiert und zusammen mit einem der aromatischen Petersilienblätter aufgespießt. Sehr schmackhaft. Sie formte nochmals die Raute, bewegte dann beide Hände langsam voneinander weg, so dass als Symmetrieachse zwischen den beiden Händen ein breiter Streifen offen blieb. In den sie starrte und ruhig sagte:

Adolf Hitler. Aufklärung. Das sind die Leerstellen. Hitler in der politikerreifen Selbststilisierung von Beuys und die Aufklärung in den Erinnerungen des Alten.« »Ja, unser Joseph«, warf der Maler aus Freiburg gutmütig ein, »tolle Kunst – aber ein Zutexter sondergleichen!« Die erste Bundeskanzlerin der Bundesrepublik Deutschland ließ ihm nochmals das maskulinistische Stammtisch-Duzen durchgehen, das in Kunstkreisen offenbar ähnlich verbreitet war wie am Beginn ihrer Karriere in der Politik: Kohl hatte von seinen größten Feinden in der Partei, immerhin Ministerpräsidenten, wie ein Gemeinderat aus dem Dorf von jenen Duzfreunden aus Kindertagen gesprochen, mit denen er heute im Schrebergarten-Vorstand saß. Kohl, der stand mit den CDU-Länderchefs auf Du, dabei waren das ja keine Genossen; nicht wie in der SPD. Da war das Duzen unter Feinden vorgeschrieben. Pikanter bei Kohl, denn der Kanzler und seine Rivalen aus CDU und CSU, die duzten sich offenbar freiwillig.

Adolf Hitler und die Aufklärung als Leerstellen. Bei Adenauer und Beuys, rekapitulierte Horst in Gedanken und dachte: Das Essen ist lecker, aber betreffs »Wer A sagt, muss auch B sagen«, da ist die Mutti einfach zu konsequent, das wird gleich anstrengend. Falls die eine ihrer seltenen Kurzansprachen hält. »Ob Sie die Pizza Pommes mit Ketchup wünschen, Horst?«, fasste inzwischen Kolb eine Frage Alessandros an Horst bündig zusammen. Die hatte die Dolmetscherin, vom Leibwächter allerdings ungehört, gerade übersetzt. »Schranke!«, fiel Kevin Horst ins Wort.

»Die Adenauer-Memoiren«, setzte die Altkanzlerin, zu Don Francesco gewandt, von Neuem ein: »Die Adenauer-Memoiren, die sehe ich als Gegenstück zu *Mein Kampf*, obwohl das Wort Kampf selten vorkommt, wenn ich mich recht erinnere. Der Adenauer hatte einen klaren Plan«, durchdrang Angela Merkels angenehme Stimme die Nachdenklichkeit der schönen Sprachbotin und das, wie Kevin zu sagen pflegte, allgemeine Gemampfe. »Der Adenauer, der wollte die Unverletzlichkeit der Grundrechte des Individuums, das Erbe der Aufklärung und zugleich die (wie er meinte) dominant christliche Basis der europäischen Kultur retten, ohne jemals das Wort Aufklärung zu verwenden. Oder den Anteil jüdischer Bürgerinnen und Intellektueller zu würdigen. Er behauptete einfach, obwohl er wusste, dass das höchstens zum Teil stimmte: Die großen Kirchen, besonders die katholische, aber auch die evangelischen, hätten die Menschenwürde erfunden und bewahrt. Die Öffnung zu den Lutheranern, Reformierten und Unierten war gegenüber dem katholischen Konfessionalismus der Zentrumspartei revolutionär, die gab es ja in der frühen Bonner Republik wieder«, dozierte sie etwas lustlos: Nicht sehr versiert in Sachen Zeitgeschichte, ihre Tischnachbarn, fand die Altkanzlerin. Daher Themenwechsel: »Der Alte, hochgradig stilisiert hat der sich, und gekonnt inszeniert – wie dieser Simone Martini den heiligen Ludwig von vorhin, nicht wahr, lieber Herr Merkel?« Die Merkel betrachtete leicht ironisch ihre nun wieder fest verschränkten Hände und sprach aufgeweckter: »Sogar mit unserer Hilfe, der Protestanten, hat der seinen Machtanspruch verwirklicht.

Und mit alten Nazis, aus Sicht Adenauers notgedrungen.« Horst und Kevin horchten auf, nur der Pater blickte aufgeräumt in den gut katholischen Mittagshimmel hinein und behielt seine bitteren Gedanken für sich.

»Die Würde des Individuums, seine unverletzlichen Menschenrechte, beide hatten die Humanisten der Renaissance in Italien und die Akteure der französischen Revolution formuliert. Gegen Kirche, Kurie und Klerus. Das wusste der Alte ganz genau«, fuhr die Merkel fort. »Dem war aber auch bekannt, dass die Humanisten nicht human waren und dass Olympe de Gouges von ihren eigenen Leuten hingerichtet worden war, zur Zeit der terreur. Von Aktivisten«, spitzte sie die Lippen maliziös. Sie hatte das Wort Aktivist immer albern gefunden, überhitzt. Als wäre es nicht Aufgabe jedes Staatsbürgers, in seinem Umkreis und in der Gesellschaft tätig und politisch präsent zu sein, und nicht bloß die Angelegenheit einiger hauptberuflicher »Aktivist*innen«. Aktivismus war da oft mit Absentismus verbunden, mit keiner konkreten, beruflichen Tätigkeit jedenfalls, die das Verlautbaren produktiv begleitet hätte, keiner vita activa im konventionellen Sinn, befand die Altkanzlerin. Die Krönung bezüglich dieses Absentismus war ihre ehemalige Ministerin Schulze gewesen, die hatte als Landesministerin sogar die Anwesenheit der Studierenden als selbstverständliche Spielregel für Hochschul-Seminare abgeschafft: Da sollte Abwesenheit, regelmäßiges Wegbleiben dann als Seminarteilnahme bescheinigt werden. Dabei im Auftreten wirtschaftsfreundlich, so eine Art Business-Look: Perlenohrringe und dezent blondiert, wie

Entscheidungsträgerinnen aus der Wirtschaft, die Merkel wählten und nicht die SPD, schmunzelte die Altkanzlerin innerlich. Aber als sie der Schulze diesen schädlichen Selbstwiderspruch einmal schonend vermitteln wollte, am Rand einer Kabinettssitzung, da hatte sie an der gerade nicht teilgenommen. Unentschuldigt. Seminar-Schein, dieses Wort war nie treffender, meinte ihr Mann, der Ähnliches über die Abschaffung der Anwesenheit aus der Universität Hannover gehört hatte. Die SPD-Wähler, die waren dann auch weggeblieben, eigentlich folgerichtig. Jetzt auch bei Gelsenwasser AG, die Schulze. Sie schwieg. Merkel ärgere dich nicht, sagte sie sich, du bist hier anwesend – 43 Minuten noch. Der fangfrische Thunfisch, köstlich. Der glänzt sehr gegenwärtig in seiner zitronigen Marinade.

Was die Alte alles wusste, über den alten Adenauer zum Beispiel, staunten ihre sportiven Tischnachbarn, obwohl sie ihrem inneren Monolog nicht auf die Spur kamen. Und wie sie dennoch ihr merkwürdiges Essen genoss, beobachtete Schulte-Niesenstedt. Nur die Dagonelli, die fand das intentionalistische Paradigma der Merkel etwas unterbelichtet. Die Dagonelli glaubte nämlich als Einzige am Tisch zu wissen, wie wenig human die Humanisten gewesen waren, misogyn und rassistisch. Sie hatte die »Poststrukturalist*innen« und die »Denker*innen« des Postkolonialen, hatte ihre Kristeva, ihren Said und ihren Bhabha gelesen. Die Dagonelli, das ahnte der kluge Pater beim Blick auf das fein-spöttische Sfumato um die Lippen der Diplom-Kulturwirtin, hatte sich während ihres

Studiums mit Foucault »zugedröhnt«. Er konnte sich an »zudröhnen« als deutschsprachiges Synonym für häufige und intensive Lektüre aus dem Jargon seines Studienjahres an der Münchener Hochschule für Philosophie SJ erinnern. Dabei war Foucault Anhänger Khomeinis und während einiger Jahre Maoist gewesen. Der hatte sich an die Erfolgreichen gehalten, mehr als 50 Millionen Tote durch Mao, lächelte der Franziskaner traurig.

»Der Alte war schlau«, ergänzte die Merkel ihre Ansichten zu Adenauer nach einem Schluck des erfrischend kühlen Mineralwassers. »Der wusste, dass öfter zusammenfindet, was nicht zusammengehört. Der hatte den Huber und den Lehmann schon als Pendants imaginiert, da spielten die noch in ihren jeweiligen konfessionellen Kindergärten.« Manchmal war sie doch betriebsblind, die Kanzlerin, fand Kolb, wie sollten seine Jungs und auch die Dagonelli diese Bischofs-Personalien noch kennen. Damals waren die beiden liberalen Kirchenfürsten aber in aller Munde, in den Nuller-Jahren, erinnerte er sich.

»Das Christentum, das hatte der Adenauer hingestellt als die eine und einzige Basis der westlichen und der europäischen Kultur. Der Alte hätte das NATO-Emblem nicht dem Kompass, sondern dem Malteser- oder Amalfikreuz eingeschrieben.« Die Merkel hatte ihr schönstes Parteitagslächeln aufgesetzt. Einmalig, die Mutti, dachte Horst, der heimliche Logik-Experte und der Vorgeschichte der drei *Critiken* Immanuel Kants, unglaublich, wie die Merkel das C umdeutete bei CDU in Critisch, unglaublich, und einen der Partei-Granden nach dem anderen in der alten Zeit zurückließ. Unglaublich, wusste Horst, wäre es auch seinen Tischnachbarn erschienen, dass er über Logik-Lehrbücher der Generation vor Kant, insbesondere der Schule von Ingolstadt, und ihre Rezeption durch Immanuel Kant promoviert hatte.

»Der Adenauer hat einfach die Kirche als die Erfinderin der Aufklärung und der Menschenwürde ausgegeben«, resümierte die Merkel den Beginn ihres Diskurses, zu repetitiv, fand er. »Aber nicht so unglaubwürdig, wie die DDR-Propaganda, die Luther und vor allem dessen Feind Thomas Müntzer zu wohlmeinenden Menschheitsbeglückern umgemodelt hat. Das ›christliche Abendland‹ und die humanistische Würde des Individuums, diese beiden ungleichen Konzepte hatten genug Schnittmengen, dass Adenauer sie zu einem siamesischen Zwilling zusammennähen konnte.« Ergänzte die Merkel. Und schloss: »Über die Würde des Menschen hatte der Adenauer allerdings sehr konkrete Vorstellungen: dass dich die Geheimpolizei nicht nachts abholen kommt und nicht deine Frau in den Suizid treibt.«

Hitler sprach seine verbrecherischen Ziele in seinem Buch glasklar aus«, fuhr die Merkel fort. »Diese Ansagen hatte Adenauer schon in den zwanziger Jahren ernst genommen. Als plausible Vorhersagen von Möglichkeiten. Als eiskalte Absichten, nicht als Geschwätz des Gefreiten. Am Ende, Anfang 1945, würde Hitler weder sein erstes Ziel, die Eroberung der Welt, noch sein letztes Ziel, die völlige Zerstörung Deutschlands, erreicht haben. Nur schrecklicherweise sein zentrales Ziel, die Vernichtung der Juden Europas und wo möglich auch außerhalb, so in Nordafrika, das hatte er erschreckend effizient realisiert, auch wegen der vielen Helfer.«

»Hingegen hat der Alte später alle seine Ziele erreicht: Amalgamierung von Christentum, Aufklärung und Republikanismus. Eingemeindung der Mehrheit diversester Nazis durch Wohlstand, Respcktabilität, Antibolschewismus – und mittels In-Ruhe-Lassen. Westbindung, Souveränität, Wiederbewaffnung im Rahmen eines Verteidigungsbündnisses gegen Stalin und das spätere Sowjetimperium. Und zukunftsweisende Ziele hat der auch erreicht. Neben der erwähnten Westbindung: Europäische Union. Soziale Marktwirtschaft. Der hatte synthetisiert wie vor ihm nur die Photosynthese«, wagte die Altkanzlerin ein ungewohnt naturkundliches Fazit. »Und wie vor ihm höchstens Hegel und die Kirchenväter«, konnte sich der Pater nicht beherrschen, eine seiner Lieblingsideen kurz auf den Tisch zu bringen, dass nämlich das nur scheinbar moderne Konzept vom folgerichtigen Fortschritt eigentlich eine Erfindung von Augustinus und anderer früher Theologen gewesen sei.

Das verstand aber niemand, beobachtete Horst, ohne eine Miene zu verziehen. »Adenauer war sachkundig, der wusste genau, was er wollte, und er war verschlagen schlau«, reagierte als Einzige die Merkel, etwas abwesend, in Gedanken bei ihren eigenen früheren Verhandlungen, »nicht auf den Tisch hauen, sondern Korrespondenz, Konversation und Konferenzen. Der konnte das Klein-Klein. Und er hatte zugleich eine große Erzählung, zurück in die gemeinsame Zukunft mit Karl dem Großen, vorwärts in die Vergangenheit, mit Wohlstand für alle, innerhalb der westlichen Welt. Der hat die SPD, aber auch die Erinnerung an Luther und Faust kleingehalten.« »Luther und Faust, die lasse ich den Preußen und den Hanseaten, auch den Gründgens«, hatte der Adenauer dem neuen Berliner OB Willy Brandt einmal zugetuschelt, hatte man sich noch lange im Adenauer-Haus erzählt.

Die Merkel war Kommunikationsprofi, vom Abstrakten ins Konkrete, die hätte glatt ein Soft-Skill-Modul bei ihren Passauer Kulturwirten anbieten können, musste die Dagonelli insgeheim zugeben, obwohl sie selbst eher links war und einmal sogar die Partei Die …, aber diesen Nebengedanken ließ sie fallen wie einen zu heiß servierten frittierten Mozzarella. Eines war offensichtlich: Die Merkel fasste mit ihren Blicken, ihrem aufgeräumten Gesichtsausdruck, der geradezu Common sense verkörperte, und mit ihrer gewinnenden Stimme die Tischnachbarn ebenso unauffällig wie zwingend zu einer Aufmerksamkeits-Raute zusammen.

Kolb war in der SPD und evangelisch. Aber das wusste die Mutti nicht, jedenfalls nicht offiziell. Der Horst war als Schüler in der Jungen Union gewesen, wusste Kevin, aber das hatte er der Dagonelli nicht erzählt. Sonst wäre vielleicht nichts passiert, war sich Kevin sicher. Die Dagonelli wiederum hatte einmal die Linke gewählt, aber das hatte sie Horst nur angedeutet. Der hatte schon so kalt geguckt, als sie ihm eröffnete, dass sie Kulturwirt studiert hatte.

Mutti hatte plötzlich wieder diesen konzentrierten Blick, der ihre gesamte Umgebung auf ein Parallelogramm zusammenzuziehen schien, beobachtete Horst. Kolb erinnerte sich an eine bestimmte Gesprächssituation: als sie damals Obama und Putin nahegelegt hatte, dass sie ab jetzt jeden einzelnen dieser ISIS-Kämpfer abschießen lassen sollten, jeden einzelnen, auch die aus Solingen. Das sei zielführender, als in der Ukraine Industriestandorte zu ruinieren. Die hatte sie bei ihrer Männlichkeit gepackt, diese sportiven Midlife-Crisler: Beide Präsis hatten danach diese ISIS-Idioten ganz anders aufs Korn nehmen lassen. »Die ISIS-Zeloten sind nicht mehr so intelligent wie damals diese 9/11-Studenten aus Hamburg-Harburg, von denen der verschlafene Bonzo immer noch nichts merkte, als die bereits im aeronautischen Lesesaal der Universität der Bundeswehr in Hamburg eine Saalkarte beantragt hatten und verdächtige Bücher und Aufsätze in der Fernleihe bestellten«, hatte sie ihre Forderung mit Fakten, Lokalkolorit und dem Eingeständnis eigener Fehler gewürzt. Immer im Stoff, auch bei den nachrichtendienstlichen Details, die Mutti, da hatte sie die beiden Streithähne wieder einmal beeindruckt. Und dann hatte die Mutti nach und nach beide Präsis so langsam an ihren zweiten Gedanken herangeführt: bei der Aktion gegen ISIS nicht die Qualität deutscher Waffen zu vergessen, gerade auch für die Marine an Euphrat und Tigris. Und die Treibminen wegzulassen, erinnerte sich Kolb beim Blick auf das glatte Meer vor der Pizzeria. »Vor 1914«, hatte sie damals ausgeholt im Gespräch mit Obama und Putin, scheinbar abschweifend, »da hatte es zuvor eine Inflation von Kaisern gegeben: den österreichisch-ungarischen Kaiser, den deutschen und den japanischen Kaiser, den russischen Zaren, und natürlich die osmanische Personalunion von Sultan und Kalif, die war auch Kaisertum mit Weltgeltungsanspruch gewesen.« Pause. »Dann seid ihr gekommen, am Ende des World War One«, hatte sie den Obama freundschaftlich fixiert, »Panzer von links, Panzer von rechts und immer optimistisch weiter.« Pause. »Und: Puff«, hatte die Merkel den Obama dezent wach geklatscht. »Puff«, sie klatschte nochmals dezent und nicht unstaatsmännisch in die Hände, »waren die beiden Folge-Imperien des einstigen Römischen Reiches Deutscher Nation und die Hohe Pforte endgültig weg. Wegen euch.« Dabei schaute die Merkel anerkennend in Obamas Augen, der zum Glück in Harvard studiert hatte und sich historisch gut auskannte. Putins Pupillen hatten wie Gletscherbonbons ganz leicht zu glimmen begonnen. Auch er verstand die Andeutungen über das Ende des deutschen und des k.u.k.-Imperiums sowie über den Aufstieg der USA, ärgerte sich aber über die Erwähnung des unrühmlichen

Endes des Zarenreiches. Die Kanzlerin sah nun verbindlich zu ihm hinüber. Da war nun ein überraschendes Kompliment samt Angebot an den neuen Zaren angebracht, konnte sich der Kolb an sein, natürlich laienhaftes, Bauchgefühl erinnern. Und wirklich legte die Merkel umstandslos los, im Ton unauffällig und ruhig: »Die braucht doch niemand, diese Rowdys von der ISIS«, da hatte sie der Putin noch etwas ungläubig angeschaut, der hatte ja so einen Hang zu asymmetrischer Kriegsführung und Muscle-Shirts, und in diesen Bereichen, da war die ISIS ja schon versiert. Mit »Rowdys« hatte sie aber schon in die richtige Richtung gesprochen, das russische Lehnwort »Rowdy« gekonnt eingebaut, das auch Putin und der Duma-Vorsitzende bei Pressekonferenzen gerne verwendeten. Und das war nur die triviale Vorlage für einen spektakulären Kopfball der Merkel: »Selbst der Allah«, und den Hinweis auf Allah, den hatte der Putin nun nicht erwartet, auch nicht den bestimmten Artikel, erinnerte sich Kolb, »selbst der Allah, der ist ja hart im Nehmen, aber der mag diese halbstarken Rowdys«, dabei guckte sie in die eisigen Augen Putins, »aber Allah mag diese halbstarken Rowdys, die wie Komparsen in einem SM-Studio durch ihre Städte stolzieren mit ihren schwarzen Kapuzen, sicher auch nicht.« Putin verstand jedes Wort, sein Deutsch 1A, erinnerte sich Kolb. Rowdys mochte er nicht oder nur in grünen Uniformen ohne Abzeichen. Und die ISIS-Rowdys, die erschienen ihm sicher als Gefahr für die islamischen Provinzen seines erstarkenden Reiches. Obama hingegen begann sich unwohl zu fühlen. Dieser ganze SM-Kram gefiel ihm nicht, erinnerte sich Kolb. Die Merkel merkte das sofort, entsann sich Kolb, den sie immer gerne dabei hatte bei solchen sogenannten Kamingesprächen, im Hintergrund, weil der ihren Fencheltee nie zu lange ziehen ließ. Sie sagte nun endlich: »Macht da mal sauber, ich liefere euch den Kärcher. Und wir bilden die Kurden aus.« Pause, scheinbar ein bisschen zu lang, erinnerte sich Kolb. »Ach, und ich stimme natürlich für die übernächsten olympischen Winterspiele in Aspen und die Sommerspiele 2022 in Nowosibirsk.« Damit war alles klar. Sport, das munterte die beiden Präsidenten immer auf. Da guckten sie sich sogar mal an. Und noch am Nachmittag hatten die dann im ISIS-Gebiet so richtig losgelegt, erinnerte sich Kolb an die nächste Morgenlage. Da zeigte sich dann, dass die jungen Männer aus Dortmund zu viel Gouda-Ersatz und Analogkäse auf ihren »Pizzen« gegessen hatten, manche sogar Formfleischvorderschinken, im früheren Leben vor halal, viel zu träge. Die Kurdinnen von den lokalen Eliteeinheiten, die hatten die weggeputzt, die aßen aber auch nicht solchen Mist, sondern Salat und viel Fisch. Und gern halal, aber lokal.

Kolb blinzelte nach diesem kurzen Exkurs aufs Meer und in die Gegenwart: Mutti würde nun gleich mit einem kurzen Fazit beginnen, vermutete er; die Evakuierung mittels Schlauch- und anschließend U-Boot stand unmittelbar bevor. Das wusste die übrige Tafelrunde nicht. Außer den Jungs, die mampften ihre Salate. Schwiegen. Kolb sah das über dem glatten Meeresspiegel der nachmittäglichen Bucht auftauchende Periskoprohr sofort, als Einziger, wie er mittels eines kurzen Blicks in die Runde feststellte.

»Fakten kennen und Kompromisse machen. Für Ziele«, formulierte die Merkel ihr vorläufiges Fazit. »Meine große Erzählung.« Sie sah der Dagonelli aufs faszinierende Muttermal, »die können Sie in einer SMS oder«, sie blickte auf den Maler, »auf einem halben Skizzenblockblatt unterbringen.«

Maler Merkel lud sich gerade eine delikat nach Raucharoma und Zitronenblatt duftende, im Holzofen nur eben angeschmolzene Scheibe des köstlichen Scamorza-Käses auf eine Weißbrotschnitte. Die Merkel nippte an ihrem beschlagenen Weinglas: »Das war's schon, keine Maximen und Reflexionen. Zahlen zählen und Ziele.« Sie räusperte sich: »Daher die Notwendigkeit der MINT-Fächer«, fiel sie etwas unzusammenhängend in ihren früheren Parteitags-Sprech zurück. Und schaute, scheinbar erwartungsvoll, auf den Kunstprofessor. Der ließ sich nicht lange bitten: »Dann hatte der Juncker doch recht, Frau Bundeskanzlerin, mit seinem ironischen Kompliment, ›Sie ist eine große Erzählerin‹?« »Ja, Zählen statt Erzählen«, damit antwortete der Pater, der nicht gefragt worden war, sich couragiert ins Risiko hinein: »Das war Ihre Schwäche, Frau Bundeskanzlerin. Sie haben keine große Erzählung formuliert. Das war Ihr Manko, im Vergleich zu Adenauer und Kohl. In den Augen vieler war Ihre Nüchternheit aber modern und aufgeklärt.« Er räusperte sich:

»Kant hatte noch versucht, den von ihm erfundenen Kategorischen Imperativ mit der alten Erzählung vom bergenden Himmelszelt zu verbinden. Aber bereits für Kant war Kosmos nur noch rhetorisches Ornament, nicht providentielle Ordo. ›Der bestirnte Himmel über mir und das moralische Gesetz in mir‹, das ist eine populistische Analogie Kants, die an die großen Erzählungen der Epen und der Bibel anknüpfte, an Josefs Sternentraum und an die Kosmologie der Stoiker. Die sahen in der schönen Regelmäßigkeit der Planetenbahnen den Beweis für die Anwesenheit eines Weltarchitekten, bzw. einer Weltarchitektin«, ergänzte er höflich, »die nannten sie providentia«, wobei er versuchte, zugleich die Merkel und auch die Dagonelli anzublicken, abwechselnd. »Aber, Kants Verdienste«, er machte eine kleine Kunstpause, kurz vor Schluss, und fuhr fort: »… aber die Verdienste Kants lagen nicht in solchen rhetorischen Taschenspielertricks.« Horst horchte auf, aber unauffällig. Kosmologie der Stoa, so ein Gelaber, dachte Horst. Aber seinen Kant, den kannte der Pater, erkannte Horst. Denn in einem hatte der Pater recht: Kants Verdienst bestand in der transparenten Systematik, die er aus seiner Umkehrung entwickelte: dass sich die Dinge, als Erscheinung, nach uns und wir uns nicht nach den Dingen richten.

Sein Verdienst, befand auch Horst, ergab sich nicht aus dem rhetorischen Kitsch an einigen Stellen seiner Kritiken. Horsts Blick blieb auf dem Saphirring hängen, der präzise auf die Augenfarbe der Dagonelli abgestimmt war. Umgeben von einem kleinen planetarischen Kranz von Brillanten. Sicher auch von diesem verflossenen Autohengst. Hinreißend, die Dolmetscherin, gab er innerlich zu. Und rettete sich auf den Horst eines für einen Sportsmann ungewöhnlichen Dünkels: Jedenfalls hatte seine Promotion präzisere Lateinkenntnisse erfordert, als sich eine Kulturwirtin vorstellen konnte. So bildete sich Horst jedenfalls ein, denn auch die Dagonelli hatte ihm einiges verschwiegen über ihre Strebsamkeit am ältesten altsprachlichen Gymnasium Veronas, einem Hort altsprachlicher Bildung und philologischer Bedachtsamkeit, 110 von 110 Punkten, als Jahrgangsbeste. Gerade sportliche Männer fanden sie öfters überqualifiziert, so ihre Erfahrung.

Horst hatte Chiara Dagonelli seine Dissertation über die Voraussetzungen von Kants Kritiken in Diskursen frühneuzeitlicher Logiker seinerseits verschwiegen. Das schmale, aber summa-cum-laude-prämierte Opus schloss mit einem Kapitel über die Rezeption der Logik-Lehrbücher der Schule von Ingolstadt in Kants sogenannter »Transzendentaler Deduktion« ab. Der Erstgutachter hatte sogar geschrieben: »gipfelte ... in einem Kapitel über die ...« Auch bei der Truppe erwähnte Horst seinen Doktortitel auf Anraten seines Ausbilders nie, nur in den Bewerbungsunterlagen natürlich. »Am besten Schwamm drüber. Sonst denken alle, Sie sind so ein Bürohengst.« Später schwieg

Horst auch auf Veranlassung Kolbs: Der hatte ihm empfohlen, seine Promotionsurkunde erst wieder auszupacken, nachdem er auf der obersten Leitungsebene der GSG 9 angekommen sein würde. »Gipfeln«, das Verb traf seine Ambitionen ziemlich genau, fand Horst, aber diese Ambitionen bezogen sich nicht auf den ergonomischen Lehrstuhl dieses Sesselfurzers, der ihm trotz »gipfeln«, zwar ein »summa« gegeben, aber einige Auflagen für den Druck gemacht hatte, bezüglich Tippfehlern in seinen Transkriptionen aus dem Gelehrtenlatein dieser Ingolstädter Pedanten. Seine Ambitionen bezogen sich auf den Kader der Grenzschutzgruppe 9 der Bundespolizei, wenigstens auf die Leitung einer Polizei-Spezialeinheit eines Bundeslandes.

Aus der Chiara wurde man nicht schlau, dachte Horst bei einem Seitenblick auf die krabbenknackende Veroneserin. Überblick hatte die, Durchblick aber nur manchmal, fand er. »Die Partei Die …«, das war ihm doch zu tautologisch, sagte sich Horst süffisant arrogant, trotz seiner mediokren Funktionskleidung. Zu Tarnungszwecken hatte Kolb ihm für die Italienreise den Look von Lidl verordnet. Horst, ein schöner Mann, wie er öfters hörte, guckte den Pater, ebenfalls zur Tarnung, so unarrogant wie ihm möglich an. Als ob er das vom Pater Gesagte nicht verstanden habe.

Chiara Dagonelli packte indessen die Gelegenheit, ihre Erzähl-Theorie zusammenzufassen, beim Schopf: »Es gibt kulturell vermittelte große Erzählungen, von Ovids Mythen und der Bibel bis zu Marx und Freud, die in irgendeiner Schwundform jede und jeder kennt. Narzissmus zum Beispiel.« Sie blickte kurz auf Horst. »Und naturalistische, populäre, auch populistische Narrative, die knüpfen an eine ›Lebenswirklichkeit‹ möglichst Aller an«, – wobei die Dagonelli mit ihren Händen pantomimisch jene Gebärde für doppelte Anführungszeichen ausführte, die für viele Jahre das unausweichliche Signet poststrukturalistischer Vorträge gewesen war, noch zu Beginn ihrer Studienzeit. Zwingender gestischer Bestandteil der Vorträge von Akademiker*innen, deren Klischee darin bestand, keinem Klischee aufzusitzen, erinnerte sich Horst an Vortragsreihen und Ringvorlesungen, damals in Bielefeld.

Aha, keine Erzählerin«, räusperte sich die Merkel und spannte ihre Raute wieder auf, wenn auch locker. Die Altkanzlerin blieb der Dagonelli höflich-gelassen zugewandt. Sie hatte ihr Pulver offenbar weitgehend verschossen, befürchtete Kolb. Auch einzelne Worte motivieren, das war allerdings ein Motto der Altkanzlerin, wusste Kolb. Daran hielt sie sich: »Klar«, munterte die Merkel die Dolmetscherin nun auf weiterzusprechen, obwohl gerade eine große Platte hausgemachter Nudeln auf den Tisch gestellt wurde. Aparte, von Sugo glänzend benetzte, aber nicht maßlos übergossene Nudelschiffchen mit Muscheln. Die dufteten herrlich.

Capunti mit Schwertfisch und ausgelösten Miesmuscheln, Venusmuscheln in der Schale, reichlich Zucchinistreifen, Weißwein, Darios Sugo, etwas Knoblauch und viel Basilikum, hätte der Pater erläutert, wenn nicht die Dagonelli ihre Erzählung über die großen Erzählungen bereits begonnen gehabt hätte. So setzte er gleich auf der Höhe des Diskurses ein: »Eigentlich eine apulische Spezialität, die der Großonkel des Wirts zweimal im Jahr aus Bari mitbringt, wenn er mit dem Familienkleinbus anreist und mit seinen Lieben außerhalb der Saison die Airbnb-Ferienwohnung Darios nutzt. Die hat aber dann in Atrani bald eine kulturelle Umdeutung erfahren, diese Spezialität aus Apulien«, ergänzte Don Francesco mit einem spöttisch-nachsichtigen Lächeln in Richtung Dagonelli. »Im Heimatort des Großonkels bei Alberobello werden die Capunti nämlich etwas länglicher geformt als allgemein. Und in Atrani werden diese länglichen Nudeln seit wenigen Jahren nun öfter serviert, sie heißen jetzt nämlich ›Biretti‹ und werden als alt-atranische Spezialität angesehen, die seit alters den amalfitanischen Dogenhut abbilde.« »Invention of Tradition«, bestätigte ihn die Dagonelli.

Die Laune der Dolmetscherin besserte sich trotz der würzig duftenden Unterbrechung ihrer Einlassungen durch das Auftischen der Nudeln. Sie besserte sich auch, weil Jungwirt Alessandro nun je eine Pizza Parma mit viel Rucola und Prosciutto, wenig Tomate und ohne Mozzarella vor Kevin und Horst platzierte. »Kolbs Alm«, zischte Schulte-Niesenstedt. »Kolbs Alm« hatten seine GSG-9-Rekruten am Ausbildungszentrum in St. Augustin diese Designer-»Pizzen« genannt, diese mit ordentlich Parmaschinken und reichlich rohem Grünzeug belegten Gesundheitsfladen ohne fetten »Gouda«-Käse, die Kolb in

Absprache mit dem Inhaber der Stammpizzeria der GSG 9 in Sankt Augustin bei Bonn eingeführt hatte. Die kürzliche Bestellung von Pizza Pommes hatte er also noch umgemodelt, der gute Kolb, schüttelte Kevin leicht, fast besinnlich den Kopf. Immer noch fit, der Alte. »Hätte mich auch gewundert«, tuschelte er Horst zu.

»Una bella Falanghina«, bestellte der Priester mit leichter Wendung leise beim Wirt. Diesen fruchtigen, zugleich erfrischenden Weißwein hatte schon Horaz gelobt, oder war's der Falerner? So erinnerte der Pater sich unscharf, wobei der augusteische Dichter wahrscheinlich mit diesem Namen einen dicken, süßen, sherryartigen Sirup besang, der in seinem erzenen Pokal mit Wasser und unmöglichen Gewürzen vermischt und zu einem gräkophilen Modegetränk zusammengepanscht worden war. Von Sklaven.

»Wer an die erstgenannten, die kulturell-konventionellen Großerzählungen anknüpft, der gewinnt Akzeptanz«, fuhr die Dagonelli fort. »Nicht wahr, Frau Bundeskanzlerin?« »Ja, richtig, Adenauer hat die Rückkehr Deutschlands in den Kreis der zivilisierten Staaten als Rückkehr des verlorenen Sohnes inszeniert«, bestätigte die Altkanzlerin. »Dann gibt es aber auch, wie gesagt, die unmittelbar einleuchtenden, die sozusagen natürlichen Großerzählungen«, strahlte die Dagonelli in Richtung Horst. »Erzählungen von Feindschaft oder Liebe, von Rettung und Gefahr, von Bedrohung und Beistand.« Stand ihr besser als ihr üblicher verklausulierter Neusprech, fand die Merkel, so eine verknappt-verkappte, gefühlvolle Ansage. Die Altkanzlerin beschloss dennoch, noch ein wenig

Salz in die Suppe zu streuen, Salz, das ihre Pasta mit Zucchini und Muscheln nicht nötig hatte, denn die hatte Dario perfekt abgeschmeckt. Das Salz der Anekdote und des körnigen Details, das noch jede Großerzählung untergraben hatte: »Ja richtig, zum Beispiel Kohls und Mitterrands Händchenhalten damals, auf diesem SS-kontaminierten Friedhof: Da hat ein Ehebrecher dem anderen das Händchen gehalten. Das war überzeugend, weil diese Geste über alle ›maskulinistischen Gender-Codierungen‹ hinweg, wie man an der Humboldt-Universität so sagt, Freundschaft veranschaulichte. Scheinbar, denn der Mitterrand war ja gegen die Einheit gewesen.« »Ja, stimmt,« murmelte Kolb in sich hinein, »für so was hatte der Kohl ein Händchen.«

Kohl, der hatte ihn damals angewiesen: »Führen Sie die Kollegen von der Leibgarde Mitterrands in den Adler in Oggersheim und nehmen Sie die beiden Kistchen Cognac und Kirsch aus meinem Keller mit, gleich links von der Kellertür. Keinen Asbach Uralt bestellen im Adler, und auch keinen Dujardin, Kolb! Hören Sie, Kolb, so was mögen unsere französischen Freunde nicht.« Einmalig, da hatte der Kohl mehr als ein Händchen. Der konnte delegieren, der ließ gleich noch beim Adlerwirt anrufen, er solle das Bismarck-Gemälde in der Schützenstube abhängen. »Kleine Gesten erhalten die Freundschaft, Kolb«, hatte Kohl ihm öfters gesagt, erinnerte sich der Chefleibwächter, wenn Kohl ihm einen neuen Umschlag zusteckte für seine persönliche Aktentasche.

»Brandt«, warf die Merkel ein, »der machte mit seinem Kniefall eine bewegende, unmittelbar berührende, in Ihrem Sinn, Frau Dagonelli, natürliche Geste des Schuldbekenntnisses und der Reue. Die zugleich, als kulturell-konventionelle Gebärde aufgefasst, Aufsehen erregte: als für einen Sozialdemokraten ungewöhnlich religiöse Geste.« Anstatt hier innezuhalten oder bei Hegels Fehldiagnose, »Unser Knie beugen wir doch nicht mehr«, ergänzte die Dagonelli, wie der Pater fand, ein wenig vorschnell: »Und schließlich gibt es die fingierten Erzählungen über faktische Figuren. Fiktionen über Figuren der realen Geschichte und Gegenwart.« »Wie im Fake-Fall Beuys«, guckte der Professor anerkennend auf seinen Teller, der zugleich halbvoll und halbleer war. Und führte den Gedanken der Dolmetscherin auch gleich am Beispiel Beuys fort: »Der Joseph, der Beuys, hat eine Erzählung von sich erfunden als Reinkarnation mythischer Urzeit-Schamanen, dabei lief der in der Altstadt von Düsseldorf vom Füchschen in die Uhl und von da in die Brauerei Uerige lief er, vor aller Augen, wie alle anderen auch, als Mensch unter Menschen. Und dennoch war er von Oer-Erkenschwick bis New Orleans als Schamane anerkannt, schon zu Lebzeiten. Diesen Spagat hat der geschafft.« Die Merkel mochte offenbar die Muschel-Zucchini-Pasta und fragte freundlich, wenn auch kauverzögert nach: »Wie war der denn so, der Beuys, unter uns, außerhalb seiner PR, Herr Merkel?« »Das war ein ganz großes Arschloch, der ist im Bentley zur ASTA-Versammlung gefahren«, kostete der Maler jede Silbe aus. »Aber ein klasse Künstler, schon die frühen Zeichnungen, toll. Politisch aber Dilettant«, fuhr Professor Merkel fort, »der hat erst als Professor die DEUTSCHE

STUDENTENPARTEI gegründet. Hat die ganze Düsseldorfer Akademie überschwemmt mit Heinis in Schlaghosen, weil er alle aufnahm in seine Klasse. Beuys hat den Adenauer natürlich nicht verstanden, auch nicht, dass er selbst im Stuka hockte und noch ballerte mit seinem Eurasienstab, während der Alte bei den Nazis im Knast saß.« Der Maler schaute kurz auf die weite Wasserfläche, die, wie er nochmals bemerkte, seit Kurzem von einer ungewöhnlich kurzen Mikrovertikale neu und nachhaltig ausbalanciert wurde. Optisch interessant, fand er. Wie in den späten Arbeiten von Ernst Hermanns, erinnerte er sich ebenso bestimmt wie kryptisch.

»Der war irre, der Beuys, zu dem sind wir gefahren auf die documenta 7, als Studenten, und nach Düsseldorf, Klasse trifft Klasse, Anfang der Achtziger.« Der Maler redete sich nicht in Rage, aber die Details fand er amüsant. Der Professor genoss sie beim Erzählen: »Da ist der mit seiner Luftwaffenweste und den bescheuerten Fallschirmspringerstiefeletten dagesessen und hat das Grundgesetz und das Parlament abschaffen wollen. Abschaffen wollte der die Repräsentation, behauptete er. Und durch Präsenz ersetzen, durch eine direkte Demokratie. Dabei in seiner Kunst ein Meister der Repräsentation, der Anspielung und Allegorie. Auf der documenta 5 hatte der Joseph mit dem Stüttgen auch einen Omnibus organisiert, einen großen Reisebus XL, seinen *Omnibus für direkte Demokratie*. Omnibus, lateinisch für ›für Alle‹, eine Allegorie des Volkswillens, aber nur *ein* Fahrer. Der fuhr zu meinen Studienzeiten auch in Süddeutschland herum. Drin saß der Stüttgen mit so einer Lederkluft, wie sie auch der Immendorff trug, sogar für die Bild-Zeitung. Der Stüttgen, das war der zerstrittenste Stellvertreter von Beuys auf Erden, nachdem der gestorben war. Stüttgen hatte die originelle Idee, Schnaps aus einer von Josephs Fettecken zu brennen. Und hat einen noch stundenlanger zugetextet als Beuys und Bazon Brock zusammen.« Jetzt wird's zu intern, merkte Maler Merkel. »Aber Josephs Kunst, top!«, rief er. Und zeigte zugleich auf die braunen, aus einer Art mürbem Packpapier gedrehten, spitz zulaufenden Tütchen, die nun vor ihnen lagen. Und aus denen lugten leckere frittierte Fischchen, Gamberetti und Calamari-Scheiben, die dufteten den hungrigen Wandersleuten appetitlich entgegen. Der Maler fuhr fort: »Das ist ja so eine Art Fettlöschpapier, da ist heutzutage nicht mehr Weiß angesagt. Sondern öko-nostalgisches Packpapier-Braun. So was hatte auch der Beuys drauf. Der konnte Braun. Braunes Papier und braune Farbe, braune Schokolade. Damit konnte der echt umgehen, künstlerisch. Nun ist's Mode geworden, auch hier in Atrani.«

Die Altkanzlerin blieb lieber sachlich, sie hatte ja schließlich die ersten Kapitel der Beuys-Biografie Riegers gelesen: »Der hat doch bei seinem Lehrer an der Bronzetür des Kölner Doms mitgearbeitet, bei Mataré, bei diesem berühmten Bildhauer und Tierplastiker«, stellte die Merkel fest, »als Teil der Generation Adenauer, in der Stadt, in der Adenauer OB gewesen war, im Adenauerland, wie die TAZ schreiben würde.«

Sehr nützlich, dachte Padre Francesco, Details und Lokalkolorit, für meine baldige Tätigkeit bei der Stiftung in Bonn, das ist ja nahe bei Köln. »Ja, der junge Beuys: seit 12 Adolf, Adolf, Adolf. 12 Jahre später Kriegsende, der Beuys 24. Und ab 27 Adenauer, Adenauer, Adenauer, bis 1963. Bis Warhol«, antwortete der Professor. Komm zur Sache, signalisierten leichte Vibrationen der Raute, was nur Kolb bemerkte, obwohl er nicht gemeint war. Während er, wie bei Frittiertem immer, heimlich als Vorkoster der Altkanzlerin agierte. Die Chefin hatte einen empfindlichen Magen. »1A«, nickte er blinzelnd zur Mutti rüber, denn er wollte das Gespräch über die Kunsttierchen dieses Mataré nicht brüsk unterbrechen. Dann ritt ihn aber doch der Schalk: »Erstklassiges Öl, nicht nur sauber, sondern rein, außen knusprig und innen knackig, 1A Tierskulpturen«, tippte er außergewöhnlich wortreich in das SMS-Textfeld. »Mit Meersalz und etwas frischem Pfeffer, einfach stark«, fand auch die Dagonelli, deren wunderschöne Finger, wie Horst beobachtete, nun auch begannen, die Meeresfrüchte aus ihrer Papiertüte zu fischen.

Also, trotz diesem ganzen Tier-Gedöns«, zitierte der Maler zum Missfallen Merkels ein Unwort des Brioni-Paten Schröder, »wurde der Beuys ein echter Künstler, da komm ich gleich noch drauf, auf seine Arbeiten.« Arbeiten, auch so ein blödes Künstlerwort, dachte die Merkel. Trotz, mit Genitiv!, ärgerte sich die Dagonelli. Der Maler fuhr fort: »Der Joseph, der hat sich doch mit 19 als Kriegsfreiwilliger für die Luftwaffe gemeldet und ist dann abgeschossen worden in seinem Sturzkampfbomber über der Krim. Die waren ja wahnsinnig laut, die Dinger. Darum konnte der ja auch nicht zuhören, der Joseph, später. Auf jeden Fall ist er wenige Stunden nach seinem Absturz im Wehrmachtshospital in Odessa gelegen, geht eindeutig aus den deutschen Akten hervor. Und danach hat der junge Beuys dann wohl weiter Leute umgebracht, dafür war der Stuka ja da. Der Beuys, der hat sie später nie, jedenfalls nicht öffentlich, bereut, seine freiwillige Pilotenzeit bei der Luftwaffe. Vielmehr hat der seinen Mythos erfunden. Die sogenannte Tatarenlegende: dass er nach seinem Absturz gehüllt wurde in Filz und Fett, von den Tataren, und dass die ihn in einen Schlitten gelegt hätten, und zu ihren Jurten gefahren hätten, zu heilenden Schamanen.« Die Merkel mochte es konkreter: »Der war noch sehr jung, jung und dumm, als er sich in Krefeld verpflichtete, mit 19 oder 20, schreibt Rieger, glaub' ich; aber trotzdem, wenn jetzt der Kevin sich morgen einen Bart wachsen lässt, sich eine Kapuze aufsetzt und im Irak durch die Gegend ballert, dann lassen wir ihm das ja auch nicht einfach durchgehen, dann muss der bei seiner Rückkehr im Flughafen ein bisschen länger warten.« »Frau Merkel«, sagte Kevin, »ich hab' noch nie länger warten müssen im Flughafen. Das ist top organisiert bei uns.« Kevin verstand nicht. Die Merkel hatte jedenfalls genug. Sie schaltete ihr inneres Radio wieder an, den langsamen Tölzer Ohrwurm.

Der Maler fuhr unbeirrt noch ein wenig fort: »Der Joseph, der hat gegen jede Vernunft seinen Privatmythos über seine Initiation und sein Studium bei den schamanischen Tataren-Nomaden der Krim erfunden. Hut ab. Beziehungsweise bei Joseph: Hut auf! Der Joseph kann nicht nach Abschuss tagelang bewusstlos gewesen sein in der Schneewüste und dann eingewickelt worden sein von den Nomaden in Filz und Fell, geheilt und gewärmt mit Honig und Fett. Gerettet worden und im Schlitten zur Jurte gefahren worden sein. Wo er doch auf dem Foto, das ein früher Biograf als Beleg seiner Story abdruckte, quicklebendig neben seinem angeblich abgeschossenen Stuka steht und posiert. Das ist uns damals nicht aufgefallen, aber dem Buchloh aufgestoßen, schon in den Achtzigern«, dozierte Maler Merkel weiter. »Später haben andere ganz genau recherchiert, dass der Beuys nur kurz nach dem Abschuss bereits im deutschen Militärhospital war, in Odessa. Die ganze Geschichte von Beuys' Initiation durch tatarische Schamanen war eine Geschichte, eine Erzählung. Seine Erfindung, poetischer Fake. Das heißt, der Beuys war wirklich ein Künstler, der hat sich selbst erfunden.«

Der Pater wechselte nun scheinbar das Thema, beendete die Nomaden-Nostalgie des Künstlerkollegen und kam auf die Werte der Aufklärung zurück, spottete er innerlich: »Frau Bundeskanzlerin, viele sagten ja damals in den Nuller-Jahren, es ist einfach vernünftig, die Merkel, die Frau Merkel zu wählen. Die macht sich nicht so wichtig.« 14.15 Uhr bereits. Sah die Merkel auf ihrer Uhr. Sie angelte sich noch eines der in ganz frischem Öl gesottenen Fischchen.

»Der Joseph«, berücksichtigte der Künstler den Themenwechsel auf seine Art, »manchmal hatte der echt Humor. Als der das Lied ›Wir wollen Sonne statt Reagan / Ohne Rüstung leben‹ in voller para-militaristischer Beuys-Montur mit der Kelly zum Besten gab oder als der die Grünen mitgegründet hat, also eine Partei, herrlich.« Die wussten ja alle nicht, dachte der Maler, dass er selbst, Merkel, in der Kunstwelt mit einem ganz besonderen, satt chlorophylligen Grün assoziiert wurde. Rot, Schwarz, Gelb – das waren die alten Farben des Hambacher Festes und der Burschenschaften, aber auch Grundfarben der alten BRD. Aber seine Zeit, die Achtziger, das war die Zeit des Aufstiegs von Grün, der, wie ein Kollege seines Kollegen Zeisig diese Farbe einmal genannt hatte, »verstoßenen Vierten«.

Das Grün vom Joseph, das hatte einen ziemlichen Braunstich, haben die kritischen Wissenschaftler dann rausgekriegt, aber das ist nicht mein Punkt«, fuhr Maler Merkel fort. »Francesco«, duzte er im Künstlersprech, »auch wenn Ihr Namensheiliger ja bereits ein Grüner gewesen sein soll, der den Vögeln predigte und der Sonne sang: Ob der auch die Vernunft ablehnte? Wie der Jupp? Das *Jeder soll nach seiner Façon selig werden* der Aufklärung reichte dem Joseph jedenfalls nicht. Der wollte wieder Messias sein. Schamane, Hirte. Bischofsstab und Lanze zugleich wollte der sein für die Babyboomer. Anführen wollte er. *La rivoluzione siamo* Noi, das ist ein Plakat, das er hier in Neapel ausgestellt hat, das sagt alles. Den Titel als Aufschrift, in seiner charakteristischen Handschrift: *Die Revolution sind* Wir, aber trotzdem der Joseph *wir* sogar groß geschrieben hat, ist natürlich nur einer drauf auf dem Poster, unser Joseph, als Avantgardist im Stechschritt.«

Maler Merkel war noch nicht zu Ende mit seiner Suada: »An Rudolf Steiner hat der Joseph geglaubt, das war sein Übervater, dessen holistische Erzählung von der Dreigliederung hat er ganz ungenial nachgebetet, aber die Rolle Steiners als Übervater, die wollte der Beuys dann doch selbst übernehmen. Der Joseph hat auch Steiners Tafelzeichnungen appropriiert wie später die Künstlerin Elaine Sturtevant seine Plakat-Ikone über die Revolution. Die Sturtevant, die hat dieses Rivoluzione-Plakat von Beuys, auf dem er sich selbst beim Marschieren darstellte, nachgestellt: mit sich selbst als Heldin. Beziehungsweise als Joseph Beuys. Die Elaine, die ist in die uniformartige

Kleidung von Joseph B. gestiegen und hat sich als Beuys mit Hut fotografieren lassen. In Beuys-Pose.«

»Wie der Guttenberg den Kennedy nachahmt«, ergänzte die Merkel knapp. »Appropriieren nennt man das also, in der Kunstwelt?« Kolb räusperte sich. Erstens sah er das ausgefahrene Periskoprohr näherkommen. Und zweitens war der Monolog des Malers für die Chefin zunehmend zu detailliert. Beschreibungen zählten für sie nicht. »Zahlen erzählen«, hatte sie mal gesagt.

Don Francesco, wie ihn die Ravellesen nannten, hörte das Räuspern Kolbs, während er über die kleine Provokation durch den Maler nachdachte. Ob der seinen Namenspatron, den Heiligen Franz von Assisi, zu einer Art Gründungs- und Ehrenvorsitzenden der Grünen Partei degradiert hatte? Oder hatte der Maler das metaphorisch gemeint, *die verstoßene Vierte* versus Trinität?, fragte sich der Pater. »Thomas von Aquino«, hörte sich der Pater sagen und bewunderte die Lichtreflexe in seiner Falanghina, »den habe ich studiert und bewundert, aber ich wurde nie zum ungläubigen Thomas, ich behielt mir meine Frömmigkeit bei den Franziskanern, trotz Kant.« Die Merkel seufzte: Nachdem der Franziskus Papst geworden war, was hatte sie ihr *Religionspolitischer Berater katholische Welt*, wie der offiziell im Kanzleramts-Sprech tituliert wurde, was hatte sie also ihr *Religionspolitischer Berater katholische Welt* genervt mit der wiederholten Aufforderung, sich die innerkatholischen Konflikte zwischen dem Franziskaner- und dem Dominikanerorden, dem dieser Thomas von Aquin angehört hatte, nicht heftig genug vorzustellen.

»Auswirkungen bis heute, Frau Bundeskanzlerin«, hatte der sich wichtig gemacht. Und angefügt: »Das ist wie zwischen Sunna und Schia, nur ziselierter.«

»Dass ich meinen Namen behalten habe, Franziskus, das schien mir nur vernünftig«, nuschelte der Pater weiter. »Thomas von Aquin, der hat bereits die Grenzen des Glaubens und der Vernunft umrissen.« Den folgenden Satz formulierte der Pater extrovertierter. »Kant«, beziehungsweise »KONT«, rief er nach einer langen Kunstpause umso effektvoller, überraschender in das Knacksen hinein, das durch das beherzte Verputzen einer köstlich orangerot frittierten Garnele durch den Maler entstand: »Kant hat dann die Grenzen des Glaubens bestimmt: Vernunft in den öffentlichen Belangen. Glaube als geschützte Privatsache.« Die Merkel hakte locker ein: »So kantianisch waren Adenauer und Kohl noch nicht gewesen, das waren eher Thomaner, die brauchten eine Gemeinschaft fürs Individuum, eine religiöse Instanz und übernationale Gemeinschaften wie die Europäische Union oder die NATO. Adenauer spielte während der Nazizeit überzeugend eine Zeitlang den Bruder Konrad, im Kloster Maria Laach, wo er anfangs abtauchen konnte.«

Abtauchen war das Stichwort: »Zahlen zählen: 14.18 Uhr, Frau Bundeskanzlerin«, unterbrach Kolb die Haarspaltereien der Tafelrunde mit einem Satz, den nur die Merkel verstand. Dabei war die Frau Bundeskanzlerin von Anfang an sachlich und zielorientiert gewesen, auch kleidungstechnisch, ging es Kolb durch den Kopf. Stilberatung, danach durchgängig Hosenanzug und androgyne

Frisuren, mittellang. Kolbs markanter Kurzhaarschnitt, der zu Hause von seinem Mann alle drei Tage tadellos in Form gehalten wurde, war ganz leicht aus der Form, dachte Horst. Und Kolb wirkte innerlich etwas unruhig. Auch Horst und seine jungen Kollegen zählten innerlich die Minuten mit.

Das waren Künstler, der Alte und Helmut Kohl«, wagte sich die Merkel am Ende doch noch aus der Deckung. Es war 14.20 Uhr und sie musste zum Punkt kommen: »Heute kein Dessert. Espresso für alle, Fencheltee für mich. Und die Rechnung«, schickte sie ihren Chefleibwächter in Richtung Küchengrotte. »Trinkgeld gute Mittelklasse, Kolb«, raunte sie ihm noch leise hinterher. Und führte ihr Fazit fort, an die Trias aus Mönch, Dolmetscherin und Maler gerichtet, die ihr gegenübersaß. Was für ein Bild, dachte sie, wenn das der Maler sehen könnte, oder mein Mann. Das Gesamtbild, nicht allein die schöne Dolmetscherin. Aber unmöglich: der Maler war mit im Bild, ihr Mann nicht dabei. Da war sie wieder einmal fürs Gesamtbild zuständig, schmunzelte sie. Und fokussierte den Pater: »Der hat ja recht, der Juncker. Ein großes Narrativ habe ich nicht erfunden. Erzählungen sind Sukzessionen. Abfolgen, von Fortschritt oder Verfall. Ich bin jedoch für Struktur. Strukturen kann man simultan von verschiedenen Seiten betrachten. Und Strukturen lassen sich verformen, in der Geschichte, auch ohne ihre Prinzipien aufzubrechen«, verkündete sie, im

Ton überzeugend, aber unverständlich. Die drei schluckten, je für sich. »Zu Zeit wird dann der Raum.« Sie machte eine Pause. »Der Denkraum der Besonnenheit«, ergänzte die Merkel zu allem Überfluss. Und zu Dagonellis Überdruss. Etwas platt, diese abschließende Umkehrung des geflügelten Wortes »Zum Raum wird hier die Zeit« – eines bekannten Zitats aus Wagners Libretto zum *Parsifal* also. Lange schon zum unverstandenen Topos geronnen, Wagners vermeintliche Vorhersage der Quantenphysik, die kannte die Dagonelli, die sich auf Ravello gut vorbereitet hatte. Das zweite Zitat erkannte sie nicht, dabei war dessen Autor, der Kunsthistoriker Aby Warburg, Kult bei den Kulturwissenschaftler*innen ihrer Generation. Die Merkel hatte es bei etlichen offiziellen Gelegenheiten an der Humboldt-Universität gehört, das Wort Warburgs über den *Denkraum der Besonnenheit*. Allerdings besagte das Marx-Zitat auf der purpurnen Steinwand gegenüber dem Eingang des Hauptgebäudes Unter den Linden genau das Gegenteil, schweifte die Altkanzlerin ab.

Sie hielt ihre Raute gerade besonders flächig-frontal vor den Blazer, beobachtete der Maler fasziniert: Ihr berühmter Rhombus ist also wirklich nur flächige Projektion einer mehrdimensionalen Wirklichkeit, repetierte er wenig originell seinen Duchamp. Die Altkanzlerin ließ ihm zu wenig Zeit, um besser nachzudenken, fand er. Nach zu kurzer Pause schloss sie ihren Miniatur-Monolog nämlich wie folgt: »Vernünftige Macht. Durch Wissen und Macht etwas mehr Vernunft durchsetzen.« Das war zwar langatmiger als *Wissen ist Macht*, das SPD-Motto von anno dazumal, fand Horst. Aber dennoch: *Etwas Vernunft durchsetzen*, das war ein gutes Motto, das verband Norm und Form, mit Augenmaß. Unter seiner lächerlichen Alibi-Funktionskleidung spürte Horst Holster und Griff.

»Fukushima, Flüchtlinge, das waren Entscheidungen, Antworten auf plötzliche Problemlagen: *New Modes and Orders*, wie Mansfield Machiavelli zusammenfasste«, ergänzte die Dagonelli betont unlaut. Mit ihren Machiavelli-Kenntnissen hatte sie schon ihren Staatsrecht-Prof in Passau beeindruckt. *Manliness*, auch ein Werk von Harvey C. Mansfield, in USA berühmt-berüchtigt, aber das kannte der Passauer nicht, auch nicht als anti-kanonisch, das war dem zu divers. »Viel Ruhe und Routine ansonsten. Durch Wissen und Macht etwas mehr Vernunft durchsetzen und nicht korrupt sein, das hat den Leuten eine Zeitlang gefallen«, ergänzte die Merkel. Und, überraschend, als Postscript: »Weder Machiavelli noch Anti-Machiavelli, das ist mir zu extrem, das sage ich auch dem Münkler.«

»Dieses Kaubonbon, MAOAM, das war doch auch für alle da«, warf Maler Merkel unvermittelt ein. »Aber wo kann ich den kaufen, heute?« Der Herr verwechselt etwas, dachte sich der Pater. In Freiburg, in der Zeit seines Promotionsstudiums, da ging's, wenn »für alle da« gesagt wurde, in der Television immer um ein Deodorant, das wie sein Lieblingskomponist hieß, nur ohne h: Bac. »Mein Bac, dein Bac – Bac ist für uns alle da!«

Horst sah das geräumige, silbriggrau glänzende Schlauchboot als Erster. Das sah aus wie ein Beiboot von einer dieser Riesenjachten, die im Blauwasser vor der Bucht ankerten, war aber eindeutig Modell DP-17 der U-Boot-Flotte VR, nur farblich edler als die Basisversion. Aufgedampftes, helles Silbermetallic. Die Bootstypen der diversen Seestreitkräfte, die hatte Horst drauf, und deren Kürzel. Aber die Farbe, eindeutig Sonderanfertigung, erkannte auch Kolb. Etwa 300 Meter entfernt, schätzte er.

»Christo«, stöhnte Maler Merkel plötzlich. »Christo verfolgt mich.« Der Professor wies nach links oben: blütenförmige Fallschirme am Himmel. Wie an einer schwankenden Girlande aufgereiht schwebten die hinab, über Land und Meer. Da war selbst die Merkel perplex: »Invasion«, grummelte sie in sich hinein, »das kann nicht sein, da wäre ich ja ernsthaft geflohen, und just in time.« Jäh erinnerte sie sich: Der neue Bundes-Bonzo, der jetzige BND-Direktor, fitter als der Bundes-Bonzo damals, der hatte ihr, bei einem Berliner Treffen mit verdienten Altpolitikern im neuen BND-Hauptquartier, kürzlich erklärt: »An Fallschirmen, damit können Sie heute Tonnen runterlassen, an diesen neumodischen Riesenschirmen, militärisches Gerät, auch Fahrzeuge.«

Über dem weiten Panorama der Amalfiküste schwebte bereits eine neue Fracht von Krokusknospen hinab, die sich unwirklich langsam öffneten – groß und leuchtend weiß. Die landeten am helllichten Tag und mit erstaunlicher Gleichförmigkeit. »Wie Christo!« rief Maler Merkel nochmals. »Und Jeanne-Claude«, ergänzte die Dagonelli trocken. Christo? Christus im Dativ?, fragte sich der Pater. Die haben's mit dem Dativ, die Deutschen, erinnerte er sich, aus Freiburg.

Fallschirme. Als Lastenschirme. Diesen Trend hatte auch die Irina von der Polizeilichen Spezialeinheit der russischen Föderation angedeutet, kürzlich, als Innovation für Invasionen, kam Kolb in den Sinn. Irina, in der Szene als »Heldin von Dura-Europos« bekannt, die hatte damals 350 assyrische Christen, Sufis und Kopten herausgehauen, aus ISIS-Gebiet. Und eine Delegation des Ökumenischen Patriarchen von Konstantinopel, aus Syrien, 2017, vor dem Schisma. Die Irina hatte ihm kürzlich bei einem Wodka-Veggie-Smoothie erzählt, am Rand eines Veteranentreffens der Sieger der Combat Team Conference der Polizei-Spezialeinheiten, dass sie neuerdings einen Lastschirmspringerkurs nach dem nächsten unterrichte: zu Hause, an einem Trainingszentrum der Luft-Last-Landetruppen der Russischen Föderation, im Oblast Saratow. »Sogar für Tataren«, hatte sie gutmütig hinzugefügt.

Das dröhnende Säbeln der feisten Doppelhelikopter wurde lauter, bevor sie abdrehten. Herrlich, wie die weißen Seidenschirme vom Himmel fielen. »Ja, die erinnern wirklich an die verpackten Bäume von diesem Christo, die er und Jeanne-Claude uns mal in der Schweiz vorgeführt haben, am Rand einer Basel-Zwei-Tagung«, konzedierte die Merkel. Kolb überstreckte den Kopf weiterhin hinter den Nacken: »Nur waren die silbergrau statt weiß.«

»Und viel zu dekorativ auf die Landschaft und die unverpackten Bäume abgestimmt, bei der Basler Produktion des Duos, *Wrapped Trees*. Kunst nur nominell. Christo, der reinste Kitsch. Aber fiese Käfer- und Kükenfallen. Wraps mit Aas«, verband der Professor seine Professionalität kontextbezogener Wahrnehmung zeitgemäß mit Ökologie – und mit Pädagogik: »Wenn Sie auf alle Fallschirme gleichzeitig schauen, dann reihen die sich zu einer schwingenden Doppelkurve aus Schmetterlingen, die sich wie aus Raupen eben zu entfalten scheinen – zu Girlanden gereiht. Zusammengesehen erscheint die Schirmreihe als Echo der Abhänge, die hinter uns liegen. Eine Illusion für Momente.«

Der Altkanzlerin war das zu deskriptiv. Und zu esoterisch: obwohl auch sie gegenüber dem Monument den Moment bevorzugte. Pedanten, diese Fachleute. Immerhin benutze der Maler nicht das naheliegende »Momentum«, jene Allerweltsmunition für politische Reden aller Art, vermerkte die Altkanzlerin anerkennend. Das war ein Wort für Karrieristen. Der Moment des Abschieds, der war definitiv gekommen, meinetwegen sogar das Momentum des Abschieds, hier passt's, dachte die Altkanzlerin, denn Kolb kam eben zurück:

»Merkel muss weg«, hatte sie Kolb eben gesimst. Den Pater hatte sie vorhin eingeweiht, während Maler Merkel und die Dagonelli über Baudrillard und Lukrez fachsimpelten. Don Francesco schüttelte gerade Dario und Alessandro an der Schwelle ihrer Küchengrotte die Hände. Padre Francesco empfand die anstehende U-Boot-Evakuation als Herausforderung fürs Pastoral. Und freute sich auf die Chinesen, auf authentische Atheisten: 5000 Jahre ohne Monotheismus, und er als Franziskaner mit Jesuitenausbildung, das könnte Begegnung werden, pastoral betrachtet, freute er sich.

»Merkel muss weg. Ich werde abgeholt, dieses Schlauchboot bringt mich zu einem U-Boot; Synergie mit chinesischer Seeübung in den internationalen Gewässern vor Malta«, erhob sich die Altkanzlerin und zeigte auf das sich ruhig nähernde Schlauchboot, während die drei jüngeren Leibwächter, Kevin, Horst, Schulte-Niesenstedt, zügig aufstanden. Sie blickte auf die beiden verbliebenen Tischgäste, auf die Dolmetscherin Dagonelli und den Maler: »Ich melde mich, sobald der Pater und ich bei den chinesischen Gastgebern sind. Wegen Evakuation, falls notwendig. War eine schöne Fügung, die Flucht mit Ihnen. Hat mich sehr gefreut.« Sentimental, ein wenig nostalgisch, die Merkel, seit ihrem Ruhestand, freute sich Kolb, bei aller ihrer Praxisnähe. Und wirklich, aus einigen Schritten Entfernung blickte die Altkanzlerin auf den Maler zurück: »Bis bald auf einen Martini.« Eher Irrealis, aktivierte die Dagonelli ihr Schullatein, bei sich, und freute sich dennoch, als die Merkel ihr kurz ein *Thumbs up* gestikulierte – und ein »Mundwinkel hoch« knappst grimassierte. Herzlich heute, resümierte Kolb. Mutti war früher komplizierter gewesen.

Meeresstille und glückliche Fahrt? Die Altkanzlerin erinnerte sich an Mendelssohn, im Blick auf das wie zubetonierte, reglose Meer. Ein Moment »tiefe Stille«, wie im Gedicht. Offenbar war jedenfalls die Anfahrt glücklich gewesen: Eine chinesische Offizierin und ihre beiden Kadetten sprangen in die flachste Brandungszone und zogen ihr properes Dingi auf den Sand. Kolb half, am Zugseil, kollegial zwar, aber nicht aufdringlich. Kolb war klasse, freute sich die Altkanzlerin. Genau auf dem kleidsamen Grat zwischen Funktion und Fiktion, dieses scheinzivile Outfit der Kollegin und der Kadetten, sagte sich seinerseits Kolb, anerkennend. Das haben wir nie so hingekriegt, beglückwünschte er innerlich Marineverwaltung und Kleiderkammer der Kriegsmarine der VR. »Immer top angezogen, diese Chinesen heute«, mit diesen Worten wandte sich Maler Merkel an die Dagonelli. Die Dolmetscherin spekulierte kenntnisreicher und antwortete:

»Die Marineoberen im Reich der Mitte haben doch wirklich T-Shirts und Bomber-Blousons dieser bescheuerten italienischen Marke *Aeronautica Militare* nach- und maßschneidern lassen.« Die Dagonelli fuhr fort, im vertrauten Ton und anfangs vermutungsbasiert: »Die Vorbilder von der Stange kommen sicher eh auch aus China. *Aeronautica Militare* geriert sich als ur-italienische Marke. Als Kleidung italienischer Zivilisten: grauenhaft, maskulin-militaristisch mit Touch Lega Nord, aber bei chinesischen Militärs als Topos für westliche neureiche Zivilisten – witzig.«

Die Altkanzlerin und der Pater liefen über das knappe Strandstück ein paar Schritte in eine feuchte, vom Meer sparsam benetzte Sandzone hinein. Auf die chinesische Offizierin zu. Das Wasser, auch die flachste Brandungszone: still, fast unbewegt. Die Offizierin gab ihre Rolle überzeugend, begrüßte die Kanzlerin wie eine kaufkräftige Geschäftsfrau, die, vom Landausflug aus dem nahen Amalfi kommend, von ihr im Begleitboot der Yacht abgeholt wurde. Schon half der Altkanzlerin der chinesische Offiziersanwärter verbindlich ins Boot, über die Schlauchwulst, beobachtete Horst mit Argusaugen. Wie eine Mischung aus Mao und Merkel, dachte der Maler, sieht die Frau Merkel jetzt schon aus. Sitzt souverän neben der Ersten Offizierin am Außenbordmotor und spricht auf Russisch mit der übers Wetter, phantasierte der Professor aus Oldenburg mit Blick auf das sich schnell entfernende Schlauchboot und seine freundlich winkenden Insassen. Windstille. Kevin hetzte störend den Strand hoch in Richtung der Treppen zur Küstenstraße. »Organisiere Transport«, keuchte er noch Richtung Tisch. Und weg war er.

Dann nehmen wir doch noch eine kleine Nachspeise, Frau Dagonelli?«, beschloss Merkel. Beide setzten sich an den verlassenen Esstisch, auf dem noch die kleinen Papiertüten für die Meeresfrüchte-Frittura herumlagen. Wirt, Koch und Kellner waren nämlich in das Spektakel der sinkend sich öffnenden Fallschirm-Krokusse versunken. Die drei, als Einheimische, verstanden das Schauspiel auf Anhieb richtig: Das war keine apokalyptische Invasion, dies waren die lange angekündigten Fallschirme der Kunstfallschirm-Bataillone der italienischen Luftstreitkräfte – eine Vorführung, die an die Ortsheilige, die heilige Restituta erinnern sollte, zum 1500-jährigen Jubiläum ihrer Landung an der Küste. An die weißen Strandlilien, die bei ihrer postumen Ankunft erblüht waren.

Maler Merkel schaute weniger abgeklärt auf das Himmels-Schauspiel. Das aufdringliche Dröhnen war weg. Das sah aus wie Kunst, Performance ohne Partizipation. Überall Christo. Da war ja schon der Name schrecklich. Christ-O. Und erst die Poster. In manchem Chefarztzimmer in Oldenburg, bloß Grafik, aber signiert. Und jetzt hier. Er senkte seinen Blick ab, aufs Meer. Die Silberkissen von Warhol kamen ihm in den Sinn: Besser ein schwebend entschwindendes Schlauchboot als eine triefende Tüte Frittiertes, da hatte der Andy schon recht. Das kurze Linienspiel auf dem Meer bestätigte den Maler: elegant, wie Krickes späte Zeichnungen. Das Schlauchboot fuhr zügig und mit knapp bemessener Kurve in Richtung des U-Bootes, das kurz aufgetaucht war. Nur der Tisch, der war immer noch nicht abgeräumt.

»Eigentlich ganz schön, diese Fallschirm-Aktion, nicht?«, fragte die Dagonelli rhetorisch. »Referenz an die Strandlilien der heiligen Restituta, erklär' ich Ihnen gleich. Nehmen wir noch das Zitronensorbet?«

Wenn man nicht an Christo dachte, sondern eher an Blumen, an Krokusse, Hyazinthen, Sandlilien, an Simone Martini, dann sah diese Performance doch ganz passabel aus, beruhigte sich der Maler. Dazu ein leckeres Sorbet! Die Zitrone gelb, aber das Eis weiß, das fand er überzeugender als Milcheis.

Warum lief jetzt in seinem Kopf der Eingangschor der Bach-Kantate *Christum wir sollen loben schon* ab? Sicher wegen Christo! Christum, Christo, dachte Merkel und lauschte seiner inneren Kopie der LP Gustav Leonhardts und dessen eitlerweise als *Leonhardt-Consort* benannten Klangkörpers. Diese Aufnahme hatte er sich in den Achtzigern im größten LP-Shop Deutschlands, in der Stuttgarter Fußgängerzone gekauft. Leonhardts Aufnahmen waren Bestseller damals, auch seine Cembalo-Fassung der *Kunst der Fuga*. »Loben schon«, so ein Blödsinn. Sollte das heißen: »loben schön«, also »Christus, den sollen wir loben schön«, also den loben wir uns schön? Oder »loben schon«, also bereits jetzt loben, sofort, heute und hier loben, noch vor seiner zweiten Wiederkunft? »Chrü-ü-ü-sto wür so-oollen loben schon«, nervte der Tölzer Knabenchor in seinem Hirn. Die Invasion spricht für »schon«, dachte der Maler und schüttelte ganz leicht den Kopf.

»Das mit der Invasion ist Blödsinn«, grinste die Dagonelli verschmitzt: »Das hat mir gerade noch der Pater

Franziskus zugeflüstert, während Frau Merkel die Schlauchboot-Kapitänin begrüßte. Der bemerkte ein bisschen Unruhe bei den Ortsfremden, da Seelsorger.« Chiara Dagonelli artikulierte jetzt klar und deutlich: »Feierliches Fallschirmgedenken zum 1500. Jahrestag der Ankunft der heiligen Restituta.« Und murmelte hinterher: »Beziehungsweise der Ankunft ihres Leichnams, aus Ägypten, über Ischia, auf dem Festland, an der Bucht von Atrani. Die Fallschirme, die wir sehen, das sind die Kunstfallschirm-Staffeln der Aeronautica Militare, also der italienischen Luftstreitkräfte aus ganz Italien.« Kevin kam vom Strand zurück, enttäuscht, er wäre gerne mitgefahren, wie Kolb, der sehnige Dauerchef, mit der Kanzlerin. Kolb, auch so ein alter weißer Mann – verharrt auf seinem Posten, und die Jungen wie er, die Generation Huawei, die konnte sehen, wo sie bleibt, wo sie aufsteigt.

»Setzen Sie sich, Kevin, das ist nur eine Aufführung von Kollegen zum Festtag einer Heiligen hier. Keine Bedrohung, da war Frau Merkel nicht rechtzeitig informiert.« »Irrtum der Frau Bundeskanzlerin? Das gibt's ja nicht, das glaube ich nicht!« Kevin zog ein Smartphone aus seiner Mikrofaserhose. Er las: »Fallschirme harmlos. Gepäck fussl. abholen oben. Rueckr oeffentlicher Nahverk. n Neapel z Konsulat, Kolb.« »Ja super, Rückreise im vollen Bus, mit den Bügelzimmerkoffern«, murmelte Kevin vor sich hin. »Kolb hat jetzt gut lachen.« Er drehte sich um. »Ich geh' mal ein richtiges Eis essen«, raunzte Kevin, »nach all dem Stress.« »Mahlzeit«, ulkte die Dagonelli halblaut und puffte mit ihrem Ellbogen andeutungsweise in die Seite des Malers.

Dario und Alessandro sahen nach ihren Gästen, räumten ab. Alessandro erklärte der Dagonelli nebenbei die Details: »Heute Tag der heiligen Restituta. Frühchristliche Märtyrerin, deren Leichnam, als er, wundersam erhalten, zunächst in der Bucht von Lacco auf Ischia ankam, da erblühten dort plötzlich die berühmten Sand- oder Strandlilien. Wunderschöne Blüten, die sah noch mein Großvater. Die letzten dieser Lilienstauden hat dann der Rizzoli zubetoniert, der Verleger, in den Fünfzigern, als der sein Hotel-Hospital in die Bucht von Lacco gedonnert hat. Aus den Tantiemen von Don Camillo und Peppone. Aber hier, in der Bucht von Atrani, da wachsen die Lilien noch heute. Drei Stauden, immerhin. Am Rand unserer Bucht. Hier soll die Märtyrerin auch endgültig angekommen sein, nach ihrer Flucht aus Ägypten, auf dem Festland. Die hat sich wohl auf der Insel doch noch nicht ganz heimisch gefühlt.« Er wies nach oben, einige letzte Fallschirme waren noch zu sehen: »Und dort schweben die letzten ›Strandlinien‹ herab, zu Ehren der Heiligen Restituta.«

Der Maler tippte auf seinem Handy. Restituta, das interessierte ihn; immerhin war er als Maler der Revision und der Replik bekannt. Und erschrak: Google fand »Sr. Maria Restituta Kafka (* 1. Mai 1894 in Hussowitz bei Brünn, Österreich-Ungarn; † 30. März 1943 in Wien)«, ein Vorbild, dem kein Maler und auch kein Meisterspringer gerecht werden konnte. Etliche Sekunden später blickte Merkel wieder auf: Der Himmel war jetzt makellos blau.

Die Dolmetscherin und ihr Nachbar schwiegen. »Sieht gut aus, so ein weißes Tulpenglas, mit hausgemachtem Sorbet, vor einem leeren Himmel«, verscheuchte Merkel blutige Erinnerungen, als er Alessandro die Desserts anbringen sah. »Und bestimmt mit einem ganz kleinen Schuss Wodka, wie hier üblich«, gab sich die Dagonelli nochmals ortskundig. »Wodka Gorbatschow«, assoziierte Kevin, der wegen der Mittagsruhe im Ort kein Eis bekommen hatte, »dem haben wir diesen ganzen Mischmasch zu verdanken. Das sagte jedenfalls immer der de Maizière.«

Auch Maler Merkel hatte Ortskenntnisse beizusteuern. Das U-Boot der Chinesen bringe sie nach Capri, hatte ihm die Merkel während der überraschenden Fallschirm-Hommage an Christo zugeflüstert. »Capri und China, kein Zufall, Frau Dagonelli. Die fahren jetzt sicher nach Capri, zur Villa Malaparte. Die liegt direkt am Meer.« Er lehnte sich dozierend zurück. »Der deutsche Schriftsteller Curzio Malaparte, eigentlich Kurt Suckert, hat die Villa zur Zeit des Faschismus errichten lassen. War nämlich mit Mussolinis Schwiegersohn befreundet. Konvertierte aber nach einer Chinareise in den fünfziger Jahren zum Kommunismus – und hinterließ seine Villa der Kommunistischen Jugend der Volksrepublik China.« Die Dagonelli erinnerte sich an einen wunderbaren Spaziergang an der Steilküste Capris, mit herrlichen Blicken auf diese einsame Villa. Und auch sie wusste nicht, dass der avantgardistische Kasten bei den Klippen der Blauen Eidechsen auf Capri nach einer kurzen Zeit im Eigentum der VR China längst wieder den Besitzer gewechselt hatte. Ihr leuchtete Merkels Fazit daher ein: »Da dachten die Altkanzlerin und Kolb: Tauchen wir mit dem Pater einfach mal ab, dann können die Killer des Drogenbosses noch drei Tage über die Landstraßen brettern, und wir entspannen in der Nähe, in chinesischer Obhut.«

Eben versank die Spitze des U-Boot-Periskops unter den makellosen Meeresspiegel. Auch die Merkel hatte inzwischen die Nachricht, dass keine Last-Landetruppen und Fallschirmjäger am Werk waren. Nachdem sie eben ins U-Boot geklettert war. Von Kolb: »Fallschirme Folklore. Keine Attacke. Situation O.k.«

Peinlich nur, dass die Altkanzlerin eben noch, auf dem Schlauchboot, der Offizierin ihre Vermutung geäußert hatte: »воздушно-десантные войска. Paratroops. Vielleicht Putin.« Kolb hatte noch nie erlebt, dass ein Super-GAU gelassener entgegengenommen worden wäre: Die Erste Offizierin, die fand er großartig. Nachdenklich und entscheidungsstark. »Klug und cool«, hätte sein Mann gesagt. Die hörte aufmerksam zu und dachte dann weiter. Und war wahrscheinlich etwa doppelt so alt, wie sie aussah, denn Korvettenkapitän – ein achtbarer militärischer Rang, den Kolb mit Blick auf ihr als Vintage-Bronze-Brosche getarntes Abzeichen treffend taxierte, trotz fehlendem Aufnäher. »World War Three?« fragte sie in perfektem Oxbridge-Englisch ruhig und nicht übertrieben förmlich. Wache, tiefe Augen. Dem Zweiten Offizier befahl sie wie nebenbei: »Abtauchen und prüfen.« Auch auf Englisch, damit es die Gäste auch verstanden. Der Zweite, also Dritte, hatte die Botschaft der Merkel schon zuvor kapiert – und stand kurz mit offenem Mund da. Was zu der schicken Retro-Brille gar nicht so schlecht passte, fand die Merkel.

Nur ganz kurz hatte der gezögert. Jetzt legte er los auf seinem Huawei-Display – und das Boot tauchte ab. Schon kam die Erste Offizierin zurück und lächelte Merkel, Kolb und den Pater aufmunternd an. »Korvettenkapitänin Lin, ich hatte noch keine Gelegenheit im Schlauchboot, mich vorzustellen«, wandte sie sich an die Altkanzlerin. Unergründlich schwarz, dachte Merkel, aufmunternd schwarz sogar, dieser Blick, der hätte den alten Stoltenberg gefreut. Lin wählte weiter die lingua franca, englisch: »Fake News. No Danger at all.« Die Korvettenkapitänin zeigte Merkel und Kolb als Beleg die Frontseite ihres Huawei-Smartphones, dessen Display chinesische Schriftzeichen zeigte:

当地的降落伞表演，卡布里无危险。

Franziskus, der in seinem früheren Leben, in Rom, für die jesuitische Mission geschult worden war, übersetzte aus dem Chinesischen: »Show lokaler Fallschirmspringer. Capri ungefährlich.«

»Dann geleiten wir Sie doch wie geplant zum Abendessen mit dem chinesischen Honorarkonsul in die Villa Malaparte? Die konnten wir anmieten, aus Tradition«, übersetzte der Pater den nächsten Satz der Korvettenkapitänin, die nun Chinesisch sprach, um dem Pater einen Gefallen zu tun. »O.k., gern«, sagte die Merkel. »Gibt es hier W-Lan? Kolb, geben Sie den Jungs Entwarnung. Ich simse währenddessen dem Doktor Yu meinen Dank nach Peking.«

Gute Mittelklasse, Kolb, zitierte Kolb, als er sich im Unterseeboot umsah. Auch in den Kieler U-Booten hatte es gemüffelt, in seiner Kadettenzeit. Damals war er noch nicht Hobbykoch gewesen, und der damalige Smutje offenbar auch kein Koch aus Leidenschaft. Die chinesische U-Boot-Küche hier, die roch leckerer. Mit Sigg-Woks aus der Schweiz kochten sie hier unten. Wie Kolb staunend feststellte, als er sechs Originalkartons der Reserve-Exemplare dieser Kochkappen musterte, im Gang zur Kombüse. Und insgesamt die Stimmung recht aufgeräumt, beobachtete er. In ein chinesisches U-Boot aus seiner Kieler Schulzeit, der Zeit von Maos Kulturrevolution, da wollte er nicht im Traum hineinversetzt werden. Aber hier: top Gerät, motiviertes Personal, und frisches Zitronengras neben dem Herd, lecker. – Kolb beendete seinen kulinarischen Exkurs, indem er sein Porzellandeckelchen in landestypischer Weise auf seinen Teepott hievte.

Deckel drauf«, bemerkte Maler Merkel. Er meinte den Himmel, der sich zuzog. Grau und geschlossen: »›Himmel aus Beton‹, Frau Dagonelli«, zitierte er seine Ateliernachbarin in der Akademie von Oldenburg. Und keine Vertikale mehr über dem Meeresspiegel. Er spähte hinaus: Das Periskoprohr war weg.

Der Professor zog die während seines kurzen Weggangs von der Dolmetscherin zur Übertasse umfunktionierte Untertasse von seinem Espresso und nippte. »Danke, Frau Dagonelli, das war sehr umsichtig.« Und wiederholte:

»Deckel drauf.« Dabei spähte er weiter auf die graue Meeresfläche, deren Monotonie ihn an diese grauen, banalen, teuren Tafeln von Richter erinnerte.

»Wie gut ein Gemälde ist, das entscheidet sich in der Mitte und durchs Weglassen. Am Rand weglassen, rechts und links, ganz außen, das ist eine Kunst. Denken Sie an Caravaggios *Früchtekorb* in Mailand.«

Die Dagonelli erinnerte sich an das Gemälde – es hing in einem der ältesten Museen der Welt, in Milano. Da war sie auch einmal mit diesem schlacksigen Automanager gewesen. Der hatte sich nur für die schicken Freischwinger, die Mies-van-der-Rohe-Sessel vor dem riesigen Karton Raffaels für die *Schule von Athen* interessiert. Diese Vintage-Möbel hatte sich die Pinacoteca Ambrosiana früh geleistet, weltläufig war die ja, und in Mailand. Aber Federico, der war damals in einem der Vintage-Freischwinger eingeschlafen. Vor Raffael. Und nachdem er den Preis der Freischwinger gegoogelt hatte. Merkel unterbrach das Schweigen: »Letztes Jahr war ich in dem Thermalpoolgarten, in dem die Merkel schon als amtierende Kanzlerin mit ihrem Mann Urlaub machte. Mit 28 Leibwächterinnen und Leibwächtern. Aber ohne Hofmaler.« Er hielt kurz inne: »Ich würde sagen: ›Gute Mittelklasse, Kolb‹«, wiederholte Merkel Merkel süffisant, »ein schön-schäbiges Poolareal, etwas in die Jahre gekommen. Aber herrliche Pflanzen. Blühende Büsche und bonsaigroße Bäume, ja Wäldchen auf kleinen Inseln in den Pools. Sechziger Jahre pur. Die Aussicht: tiptop. Da schauen Sie vorn auf das Meer und seitlich auf drei Berge. Und die sehen aus wie die Pyramiden von Gizeh. Ganz künstlich von Natur aus. Damit mussten es die Ägypter und die Griechen erst einmal aufnehmen.«

Der Maler löffelte kurz in seinem Sorbet: »Aber heute, heute müssen wir es mit der Kunst aufnehmen. Wir Künstler.«

Die Dagonelli betrachtete ihre Hände. Keine Spur künstlerischer Tätigkeit. Der Maler fuhr fort: »Die Kunst lehrt uns, es nicht mit uns aufzunehmen.« »Verstehe«, sagte die Dagonelli, und fühlte sich geschmeichelt, zurecht. Der Maler war wirklich nett. Sie lenkte also gleich ab, durch eine kleine Volte in ihre lateinische Vergangenheit:

»Vom Drang zur Mitte besiegt«, zitierte sie Lukrez, den »freigeistigen antiken Römer« wie sie betonte. »Die CDU Merkels schaffte, was die SPD hätte schaffen sollen. Die Überwindung der Extreme durch eine Mitte.« »Eine Mitte«, merkwürdige Formulierung, fand der Professor, aber weniger pessimistisch als »Malaparte«. »Die Merkel, die formt doch immer die Raute, nicht, Herr Merkel? Als Bundeskanzlerin hat sie verstanden, dass sich Realität nicht aufs Rechteck reduzieren lässt. Die Merkel war mit Extremen aus mehr als vier Ecken konfrontiert: mit dem totalen Freiheitskult der Neoliberalen, mit der extremen Ordnungssehnsucht der Links- und der Rechtsextremen, mit Bernd-Björn Höcke und Sahra Wagenknecht, mit Blut und Boden-Ideologien, mit ...« Maler Merkel fiel ihr ins Wort: »Soviel Extremismus wie in der Kunstszene, den finden Sie nur noch bei Ihren Kulturwirten. Und bei hauptberuflichen Kampfsportlern natürlich. Wer weiß, was der

Kevin denkt.« Dagonelli nickte und zeigte auf eine weit entfernte, terrassierte Baumschule. »Da kraxelt Horst, Richtung Ravello, kürzt beherzt ab. Der hat eine Fitness, die erhält man am besten durch tägliche Aufstiege. Ob der Kevin mehr Zeit hat, zum Denken?«

»Also in der Kunstszene, was haben die Kuratorinnen damals Venezuela gelobt und was haben die Kuratorinnenteams (er formte jedes Mal ein Sternchen mit beiden Zeigefingern, vor »-innen«) vom System und der Weltrevolution schwadroniert. Dabei streben alle ganz systematisch den Erwerb einer renovierten Altbauwohnung in zentraler Lage an. Kuratorinnen (er gestikulierte wieder den Stern) aus der ganzen Welt haben alle eines gemeinsam: den Drang zum Altbau. Die haben alle einen Spar-Fonds, jedenfalls wenn sie es bis zu den Biennalen geschafft haben. Ist auch klasse, so eine Fondsanlage, aber öffentlich lehnen sie das System ab. So eine Heuchelei. Dabei freuen die sich auch, wenn ganz zuverlässig die Müllabfuhr und der Krankenwagen kommen. Und über Meinungsfreiheit und Folterverbot. Aber ästhetisch ist das denen zu bieder. Vorbild Varoufakis.« Da hake ich ein, freute sich die Dagonelli: »Auch in der größten Wirtschaftskrise noch Dienstboten, Villa mit Blick auf die Akropolis, insulares Ferienhaus, und Motorrad, tiptop gepflegt.« »Genau«, setzte der Maler einen kleinen Kontrapunkt in der Farbe seiner Kluft: »vom arbeitslosen Mechaniker. Schwarz. Und natürlich Seeigel fangfrisch und nicht selbst in der Küche entstachelt.« »So ein Dschungelcamp-Kandidat, der Varou«, kommentierte die Dagonelli erheitert – und stupste den diskursstarken Maler homöopathisch: »Den Dschungelkönig, den -fakis, den dürfen Sie nicht zu ernst nehmen. Der ist ein Simulacrum, wie der Silbereisen.« »Eben«, bekräftigte Maler Merkel. »Sexy im Muscle-Shirt aufschlagen und dennoch belesen sein wie ein Stubenhocker. Das hatte auch Picasso perfekt drauf. Und das ist das Ideal dieser Episteme-Heinis, obwohl sie Picasso verachten, als Maskulinist, als Macho, als Marktmaler. Nicht falsch, diese vier M, doch der Pablo, der hätte auch noch mit einem Teebeutel klüger gemalt, als der Foucault auf seiner tragbaren Olivetti geschrieben hat, als der die Mullahs in Teheran hochjubelte, vor allem Khomeini. Im *Corriere della Sera* damals.«

In Darios Küchengrotte hörte man den Koch Petersilie hacken. Merkel räusperte sich: »Ich bin nicht für die Zerstörung eines Systems durch das nächste, sondern für Wandel durch Überlagerung. Statt Disruption. Besser Evolution als Revolution, schauen Sie mal ins Grüne, oder auf Merkels Frisuren im Wandel der Kanzlerschaften.« Das wirkte etwas betulich, aber gut informiert, fand die Dolmetscherin.

Plötzlich wurde der Maler wach. Vom Sorbet war nur ein Pfützchen übriggeblieben: »Machen Sie den Systemvergleich, Frau Dagonelli! Wo man in der Folterkammer landet oder wo nicht. Ich bin im Systemvergleich, in meiner Malerei. Da male ich mehrere Systeme gleichzeitig. Das freut dann immer den Kollegen Zeisig: *Die Erinnerung an ein nie zuvor Gehörtes*, mit solchem Adorno-Kitsch kommt der mir dann, wenn ich mich mal wieder aus der

Matrix der Geschichte herausmale. Indem ich mich in sie hineinmale.«

Die Dagonelli dachte an Horsts klare Kanten. Sie würde sich auch gerne einmal herauserzählen, aus ihrem Dolmetscherjob. »Der Juncker, der schreibt ja schon länger an einem Roman, in seinem Ruhestand.« Sie schaute frontal auf den Maler:

»Aber die Merkel, was macht die jetzt eigentlich so, beruflich?«

GLOSSAR

Adenauer, Konrad • 1876–1967, erster Kanzler der Bundesrepublik Deutschland

Albers, Josef • 1888–1976, Künstler und Lehrer an Bauhaus, Black Mountain College und Yale Art School

Alessandro • Nachname und Geburtsdatum unbekannt, Inhaber der (von Dario begründeten) Pizzeria »Le Arcate« in Atrani

Amelio, Lucio • 1931–1994, Kunsthändler und Galerist zeitgenössischer Kunst in Neapel

Amin, Idi • 1928–2003, diktatorisch regierendes Staatsoberhaupt Ugandas

Aquin, Thomas von • 1225–1274,Dominikaner, Philosoph und Theologe. Kirchenlehrer, Heiliger

Assmann, Aleida und *Jan* • Kulturwissenschaftler*innen

August I., genannt »*der Starke*« • 1670–1733, Kurfürst von Sachsen und König von Polen

Augustinus von Hippo • 354–430, Kirchenlehrer und Heiliger

Bach, Carl Philipp Emanuel • 1714–1788, Komponist, Hofcembalist Friedrichs II. von Preußen, Kirchenmusiker

Bach, Johann Sebastian • 1685–1750, Komponist, Organist, Leipziger Thomaskantor

Bachofen, Johann Jakob • 1815–1887, Rechtshistoriker, Altertumsforscher und Anthropologe

Bacon, Roger, genannt *Doctor mirabilis* • um 1210–1292, Franziskaner und Naturphilosoph, Autor von Studien zur Optik

Bardot, Brigitte • Schauspielerin, Sängerin, Model, Aktivistin für Tierschutz

Bartolommeo, Fra • 1472–1517, Mönch des Dominikanerklosters von S. Marco in Florenz, Maler (mit fundamentalistischer Unterbrechung)

Baselitz, Georg • Maler, Bildhauer, Grafiker und Grafiksammler, besonders des Manierimus

Baudrillard, Jean • 1929–2007, Medientheoretiker

Beethoven, Ludwig van • 1770–1827, Komponist und Pianist

Benedikt XVI., *Josef Ratzinger* • emeritierter Papst

Berlusconi, Silvio • ehemaliger Ministerpräsident Italiens und Gründer der Partei »Forza Italia«

Bernanke, Ben • Ökonom und ehemaliger Direktor der US-Notenbank »Fed«

Bernini, Gian Lorenzo • 1598–1680, Bildhauer und Architekt

Beuys, Joseph • 1921–1986, Zeichner und Bildhauer, Aktionskünstler und Professor an der Kunstakademie Düsseldorf

Bhabha, Homi • Theoretiker der Post-Colonial-Studies (Harvard)

Blair, Tony • Premierminister des Vereinigten Königreichs von Großbritannien und Irland

Blum, Gerd • Professor für Kunstgeschichte an der Kunstakademie Münster und Honorarprofessor an der Universität Wien

Boccaccio, Giovanni • 1313–1375, indizierter Schriftsteller und Humanist der Vorrenaissance

Böcklin, Arnold • 1827–1901, Maler, Zeichner, Grafiker und Bildhauer des Symbolismus

Bonzo, auch *Bundes-Bonzo* • angeblich interne Bezeichnung für einen (auch ehemaligen) Direktor des Bundesnachrichtendienstes (BND)

Botticelli, Sandro • 1445–1510, Maler und Zeichner der Frührenaissance

Brandt, Willy • 1913–1992, vierter Kanzler der Bundesrepublik Deutschland

Brieg, Hans Urs von • Geburtsdatum unbekannt, Theologiehistoriker (röm.-kath.), Professor in Paderborn

Brock, Bazon • emeritierter Professor für Ästhetik und Kulturvermittlung an der Bergischen Universität Wuppertal, Künstler und Kunsttheoretiker

Bruno • Nachname und Geburtsdatum unbekannt, Kellner (Ravello)

Bruno, Giordano • 1548–1600, Priester, Dichter, Philosoph

Bucer, Martin • 1491–1551, Theologe und Reformator (Straßburg)

Buchloh, Benjamin H. D. • Kunsthistoriker, Publizist und Ausstellungskurator (Harvard)

Bush, George Walker jr. • 43. Präsident der Vereinigten Staaten von Amerika

Buxtehude, Diet(e)rich • 1637–1707, Komponist und Organist des Barock (Lübeck)

Byars, James Lee • 1932–1997, Künstler, Autor von über 100 unbeantworteten Briefen an Joseph Beuys

Calvin, Johannes • 1509–1564, Theologe und Reformator (Genf)

Caravaggio, Michelangelo Merisi da • 1571–1610, Maler des Frühbarock

Carriera, Rosalba • 1675–1757, Pastellmalerin und Porträtistin

Casanova, Giacomo • 1725–1798, Reiseschriftsteller und Bibliothekar

Catull • 84–54 v. Chr., Dichter

Cézanne, Paul • 1839–1906, Maler

Christo und *Jeanne-Claude* (gest. 2009) • Künstler*innenpaar, bekannt durch Verpackungsaktionen

Cicero, Marcus Tullius • 106–43 v. Chr., Politiker, Anwalt, Philosoph

Costas • Geburtsdatum unbekannt, Vorname eines EU-Spitzenpolitikers, dessen Nachname dem Autor nicht erinnerlich ist

Dagonelli, Chiara • Geburtsdatum unbekannt, Dolmetscherin, Abitur in Verona, Studium in Passau und Gengenbach bei Heidelberg

Dario • Nachname und Geburtsdatum unbekannt, Gründer der Pizzeria »La Arcate«

De Maria, Walter • 1935–2013, Künstler des (Post-)Minimalismus, der Konzeptkunst und der Land Art

Demokrit • 460/459–370 v. Chr., Philosoph, sog. Vorsokratiker

Dickens, Charles • 1812–1870, erfolgreicher Romanautor

Diodor • 90–30 v. Chr., Geschichtsschreiber aus Sizilien

Draghi, Mario • Wirtschaftswissenschaftler, Präsident der Europäischen Zentralbank

Dregger, Alfred • 1920–2002, Politiker, Vorsitzender der CDU/CSU-Bundestagsfraktion

Dreher, Peter • Maler und Graphiker, emeritierter Professor an der Staatlichen Kunstakademie Karlsruhe, Außenstelle Freiburg im Breisgau

Duchamp, Marcel • 1887–1968, Künstler

Eck, Johannes • 1486–1543, Theologe, katholischer Gegner Luthers (Ingolstadt)

Elisabeth II. • Königin des Vereinigten Königreichs von Großbritannien und Irland

Epikur • 341–270 v. Chr., Philosoph, Begründer des Epikureismus

Escher, M. C. • 1898–1972, Zeichner und Grafiker

Fischer, Joschka (Joseph Martin) • ehemaliger Außenminister und Vizekanzler der Bundesrepublik Deutschland

Fischer-Dieskau, Dietrich • 1925–2012, Sänger und Professor an der Hochschule der Künste in Berlin

Foucault, Michel • 1926–1984, Inhaber des Lehrstuhls für »Geschichte der Denksysteme« am Collège de France in Paris, erfolgreicher Autor des Poststrukturalismus

Francesco, Padre • Geburtsdatum unbekannt, Vize-Prior des Franziskanerklosters von Ravello, ehemaliger Gymnasiallehrer, Promotion in Freiburg im Breisgau und einjähriger Studienaufenthalt an der Hochschule für Philosophie SJ, München

Franziskus (Francesco) von Assisi • 1181/1182–1226, Begründer des Ordens der Minderen Brüder (Franziskaner), Heiliger

Franziskus I. • Jorge Mario Bergoglio SJ, Papst

Freud, Sigmund • 1856–1939, österreichischer Neurologe und Begründer der Psychoanalyse

Friedrich II., genannt »der Große« • 1712–1786, König von Preußen

Gehry, Frank O. • Architekt und Designer

Godard, Jean-Luc • Filmregisseur

Goethe, Johann Wolfgang von • 1749–1832, Dichter und Staatsminister (Großherzogtum Sachsen-Weimar-Eisenach)

Gorbatschow, Michaïl • Generalsekretär des Zentralkomitees der Kommunistischen Partei der Sowjetunion und 1990/91 Staatspräsident der UDSSR

Gore, Al (Albert Arnold) • ehemaliger Vizepräsident der Vereinigten Staaten von Amerika

Gouges, Olympe de • 1748–1793, Revolutionärin, Frauenrechtlerin und Schriftstellerin der Aufklärung

Grantl • Journalist der Hessischen/Niedersächsischen Allgemeinen

Grieg, Edvard • 1843–1907, Pianist und Komponist der Romantik, Ravello-Urlauber

Grönemeyer, Herbert • Sänger und Produzent

Gründgens, Gustaf • 1899–1963, Schauspieler, Regisseur und Intendant. Karrierist und »Gottbegnadeter« des NS-Reichs

Guercino, Giovanni Francesco Barbieri • 1591–1666, Maler des Barock

Guston, Philip • 1913–1980, figurativer Maler und Zeichner des Abstrakten Expressionismus

Güttler, Ludwig • Trompeter und Dirigent

Guttenberg, Karl-Theodor zu • ehemaliger Bundesverteidigungsminister

Haacke, Hans • politisch engagierter Künstler

Haas, Wolf • Schriftsteller und Autor von Kriminalromanen

Habermas, Jürgen • Philosoph und Soziologe, emeritierter Hochschullehrer

Harnoncourt, Nikolaus • 1929–2016, Dirigent und Pionier der historischen Aufführungspraxis

Hegel, Georg Wilhelm Friedrich • 1770–1831, Berliner Philosoph aus dem Schwäbischen

Heidegger, Martin • 1889–1976, Philosoph, Rektor der Albert-Ludwigs-Universität Freiburg (1933–1934)

Hermanns, Ernst • 1914–2000, Künstler, nicht-figurativer Plastiker, Professor an der Kunstakademie Münster

Hirschberger, Johannes • 1900–1990, katholischer Theologe und Philosophiehistoriker

Hitler, Adolf • 1889–1945, Diktator des Deutschen Reiches (»Führer und Reichskanzler«) und Vorsitzender der NSDAP

Höcke, Björn-Bernd, genannt *Bernd* • Politiker der Alternative statt Deutschland (AsD)

Hölderlin, Johann Christian Friedrich • 1770–1843, Dichter

Horaz • 65–8 v. Chr., Dichter und Autor einer Poetik

Horn, Hermann • Vier-Sterne-General der Bundeswehr (NATO-Code: OF–9). Ehemaliger Befehlshaber des deutschen Kontingents in Afghanistan

Horst • Nachname und Geburtsdatum unbekannt, Personenschützer der Kanzlerin, abgeordneter Polizeimeister bei der GSG 9 (der Bundespolizei), promovierte in Bielefeld über Immanuel Kant und seine Rezeption der Logiker seiner Zeit, insbesondere der Schule von Ingolstadt

Huber, Wolfgang • evangelischer Theologe, ehemaliger Bischof der Kirche Berlin-Brandenburg-Schlesische Oberlausitz und ehemaliger Ratsvorsitzender der Evangelischen Kirche in Deutschland

Husserl, Edmund • 1859–1938, Philosoph und Begründer der Phänomenologie, Professor an der Albert-Ludwigs-Universität Freiburg, wo ihm 1936 endgültig die Lehrbefungnis entzogen wurde. Lehrer Heideggers

Immendorff, Jörg • 1945–2007, Künstler und Professor an der Kunstakademie Düsseldorf

Ingram, Iris • ehemalige Kuratorin der Staatsgalerie Stuttgart

Johannes XXIII. • 1881–1963, Angelo Giuseppe Roncalli, Papst

Juncker, Jean-Claude • ehemaliger Präsident der Europäischen Kommision und ehemaliger Premierminister Luxemburgs

Justinian I. • 482–565, römischer Kaiser, Bauherr der Palastkirche Hagia Sophia in Konstantinopel und Terminator der neuplatonischen Philosophenschule (Akademie) von Athen.
Auftraggeber des Codex Iustinianus / Corpus Iuris Civilis

Kafka, Sr. Maria Restituta • 1894–1943, seliggesprochene Ordens- und Krankenschwester und Märtyrerin

Kandinsky, Wassily • 1866–1944, Maler und Kunsttheoretiker, Lehrer am Bauhaus

Kant, Immanuel • 1724–1804, Philosoph der Aufklärung, in Königsberg (Kaliningrad) wirkend

Kanther, Manfred • ehemaliger Bundesinnenminister (CDU)

Karl, genannt »*der Große*« • 742–814, König des Fränkischen und Kaiser des Heiligen Römischen Reichs

Katharina II., genannt »*die Große*« • 1729–1796, Kaiserin von Russland

Kemp, Wolfgang • Kunsthistoriker und Autor. Emeritierter Professor für Kunstgeschichte an der Universität Hamburg und Gastprofessor an der Leuphana Universität Lüneburg

Kennedy Onassis, Jacqueline • 1929–1994, Ehefrau des 35. US-Präsidenten John F. Kennedy

Kennedy, John F. • 1917–1963, 35. Präsident der Vereinigten Staaten von Amerika

Kevin • Nachname und Geburtsdatum unbekannt, Personenschützer der Altkanzlerin und abgeordneter Polizeimeister bei der GSG 9 (der Bundespolizei)

Khomeini, Ruhollah • 1902–1989, Ajatollah, Revolutionär, ehemaliges iranisches Staatsoberhaupt

Kirkeby, Per • 1938–2018, Maler, Bildhauer, Architekt und Dichter, Professor an der Staatlichen Kunstakademie Karlsruhe

Klee, Paul • 1879–1940, Maler und Grafiker, Professor am Bauhaus und an der Kunstakademie Düsseldorf (entlassen 1933)

Klein, Yves • 1928–1962, Künstler und Mitbegründer der Nouveau Réalisme; Schwammreliefs für das Musiktheater im Revier in Gelsenkirchen

Kaunitz, Wenzel Anton von • 1711–1794, Reichshofrat und Diplomat (Wien)

Kohl, Helmut • 1930–2017, sechster Kanzler der Bundesrepublik Deutschland

Kolb • Vorname und Geburtsdatum unbekannt, Polizeioberrat, Chefpersonenschützer der Altkanzlerin und ehemaliger Leiter der GSG 9 (der Bundespolizei)

Kolping, Adolph • 1813–1865, katholischer Priester und Begründer des Kolpingwerkes (Gesellenverein)

Kristeva, Julia • Literaturtheoretikerin, Psychoanalytikerin, Schriftstellerin und Philosophin des Poststrukturalismus

Lampedusa, Guiseppe Tomasi Principe di • 1896–1957, Schriftsteller (»Der Leopard«) und Literaturwissenschaftler

Lehmann, Karl • 1936–2018, Bischof von Mainz, Kardinal, Vorsitzender der Deutschen Bischofskonferenz

Leonhardt, Gustav • 1928–2012, Cembalist, Dirigent und Organist

Lin • Vorname unbekannt, Korvettenkapitänin und Erste Offizierin eines U Bootes der Marine der VR China

von Linné, Carl • 1707–1778, Naturforscher und Taxonom

Ludwig von Toulouse • 1274–1297, Kronprinz des Königreiches Neapel, nach Thronverzicht Erzbischof von Toulouse, Heiliger

Lukrez, Titus Lucretius Carus • 99/94–55/53 v. Chr., römischer Dichter und Philosoph des Epikureismus

Lüpertz, Markus • Maler, Grafiker und Bildhauer, Professor und Rektor an der Kunstakademie Düsseldorf

Luther, Martin • 1483–1546, Mönch, Theologieprofessor, Reformator

Machiavelli, Niccolò • 1469–1527, Philosoph, Politiker, Schriftsteller

Mahler, Gustav • 1860–1911, Komponist und Dirigent

Maizière, Thomas de • Politiker, ehem. Bundesinnenminister

Malaparte, Curzio (Kurt Erich Suckert) • 1898–1957, Schriftsteller und Bauherr der Villa Malaparte auf Capri, die er der Kommunistischen Jugend der VR China vermachte

Mao (Mao Zedong) • 1893–1976, Vorsitzender der Kommunistischen Partei Chinas, Revolutionär und Diktator

Müller, genannt *Malta-Müller)* • Vorname und Geburtsdatum geheim, legendärer Gründer der GSG 9 des Bundesgrenzschutzes (heute: der Bundespolizei)

Mansfield, Harvey • US-amerikanischer Staatstheoretiker und Machiavelli- und Männlichkeits-Forscher (Harvard)

Mantovani, Annunzio Paolo (gen. Mantovani) • 1905–1980, Orchesterleiter

Maria Theresia • 1717–1780, Erzherzogin von Österreich und Königin von Ungarn und Böhmen

Martini, Simone • 1284–1344, sienesischer Maler

Marx, Karl • 1818–1883, Philosoph, Ökonom und Gesellschaftstheoretiker

Mataré, Ewald • 1887–1965, Bildhauer, Grafiker und Maler, Professor an der Kunstakademie Düsseldorf

Matisse, Henri • 1869–1954, Maler, Zeichner und Bildhauer

Mehdorn, Hartmut • ehemaliger Vorstandsvorsitzender der Deutschen Bahn AG, ehemaliger Vorsitzender der Flughafen Berlin Brandenburg GmbH

Melanchthon, Philipp • 1497–1560, Altphilologe, Humanist und lutherischer Theologe

Mellinkoff, Ruth • 1924–2011, Kunsthistorikerin

Mendelssohn-Bartholdy, Felix • 1809–1847, Komponist, Pianist und Organist

Mergele, Johann Ulrich, genannt *Abraham a Sancta Clara* • 1644–1709, katholischer Geistlicher, Prediger und Schriftsteller

Merkel, Angela • erste Kanzlerin der Bundesrepublik Deutschland (a.D.)

Merkel, Klaus • Maler und Professor für Malerei an der Kunstakademie von Oldenburg in Oldenburg

Michelangelo Buonarotti, genannt *Michelangelo* • 1475–1564, Maler, Bildhauer, Architekt, Ehrenpräsident der Kunstakademie von Florenz (Accademia delle Arti del Disegno e Compagnia di San Luca, 1563)

Middelhoff, Thomas • Vorstandsvorsitzender der Bertelsmann AG (1998–2002) und der Arcandor AG (2004–2009, bis 2007: KarstadtQuelle AG)

Mitterrand, Francois • 1916–1996, Staatspräsident der Republik Frankreich

Morgenthau, Henry • 1891–1967, US-Finanzminister

Mörike, Eduard • 1804–1875, Dichter

Morris, Robert • 1931–2018, Bildhauer, Konzeptkünstler und Autor

Mozart, Wolfgang Amadeus • 1756–1791, Musiker und Komponist

Münkler, Herfried • Politikwissenschaftler und Professor an der Humboldt-Universität Berlin

Müntefering, Franz • ehemaliger Vorsitzender der SPD-Bundestagsfraktion, ehemaliger Bundesvorsitzender der SPD

Müntzer, Thomas • 1489–1525, Theologe, Reformator, Drucker und Revolutionär in der Zeit des Bauernkrieges

Mussolini, Benito • 1883–1945, Ministerpräsident des Königreiches Italien (1922–1943) und Diktator des faschistischen Regimes in Italien (ab 1925)

Napolitano, Giorgio • ehemaliger Staatspräsident Italiens

Nauman, Bruce • Installations- und Performance-Künstler

Newman, Barnett • 1905–1970, Maler und Autor des Abstrakten Expressionismus (New York School)

Nixon, Richard • 1913–1994, 37. Präsident der Vereinigten Staaten von Amerika

Obama, Barack • 44. Präsident der Vereinigten Staaten von Amerika

Ovid • 43 v. Chr.–17 n. Chr., Dichter (Dante, Inferno 25, 97–99: »Ovidio [...] – io non l' invidio«)

Paolo, Giovanni di • 1403–1482, sienesischer Maler der Frührenaissance

Penck, A. R. • 1939–2017, Maler, Grafiker und Bildhauer, Professor an der Kunstakademie Düsseldorf

Pergolesi, Giovanni Battista • 1710–1736, Komponist

Petrarca, Francesco • 1304–1374, Dichter und Geschichtsschreiber

Picabia, Francis • 1879–1953, Schriftsteller, Maler und Grafiker

Picasso, Pablo • 1881–1973, Maler, Grafiker und Bildhauer

Platina, Bartolomeo • 1421–1481, Humanist und päpstlicher Bibliothekar

Prodi, Romano • ehemaliger italienischer Ministerpräsident, ehemaliger Präsident der Europäischen Kommission

Putin, Wladimir • Präsident der Russischen Föderation

Raffael • 1483–1520, Maler, Zeichner und Architekt der Hochrenaissance

Raison, André (auch: Raizon) • 1650–1719, Organist und Komponist

Ramsauer, Peter • ehemaliger Bundesverkehrsminister

Ratzinger, Joseph • als Benedikt XVI. emeritierter Papst

Reincken, Johann Adam • 1623–1722, Komponist, Gambist und Organist an der Hamburger Katherinenkirche

Reinhardt, Ad • 1913–1967, Farbfeldmaler, Karikaturist und Kunsttheoretiker

Riegel, Hans Peter • Beuys- und Richter-Biograph, Konzeptkünstler und Filmemacher

Riley, Bridget • Malerin der Op-Art

Rilling, Helmuth • Kirchenmusiker und Dirigent, Musikpädagoge

Rohe, Ludwig Mies van der • 1886–1969, Architekt des Modernismus, Direktor des Bauhaus (1930-32/33)

Rühe, Volker • ehemaliger Generalsekretär der CDU, ehemaliger Bundesverteidigungsminister

Rumsfeld, Donald • ehemaliger US-Verteidigungsminister

Ryman, Robert • 1930–2019, US-amerikanischer Maler

Said, Edward • 1935–2003, Literaturtheoretiker und -kritiker, Schriftsteller

Sancta Clara, Abraham a, eigentlich *Johann Ulrich Mergele* • 1644–1709, katholischer Geistlicher, Prediger und Schriftsteller

Sander, Karin • Künstlerin und Professorin an der ETH Zürich

Sassetta (Stefano di Giovanni di Consolo da Cortona) • 1400–1450, sienesischer Maler

Sauer, Joachim • Quantenchemiker und Physikochemiker, emeritierter Professor an der Humboldt-Universität zu Berlin, Ehemann von Altbundeskanzlerin Angela Merkel

Savonarola, Girolamo • 1452–1498, Dominikanermönch und Bußprediger

Schauble, Wolfgang • ehemaliger Bundesinnenminister und -finanzminister, Präsident des Deutschen Bundestages (a. D.)

Schiele, Egon • 1890–1918, Maler des Expressionismus

Scholl-Latour, Peter • 1924–2014, Journalist und Publizist

Schröder, Gerhard • siebter Kanzler der Bundesrepublik Deutschland

Schubert, Franz • 1797–1828, Komponist

Schulte-Niesenstedt • Vorname und Geburtsdatum unbekannt, Personenschützer der Altbundeskanzlerin Merkel, abgeordneter Polizeimeister der GSG 9 (der Bundespolizei)

Schweitzer, Albert • 1875–1965, Arzt, Theologe und Musikwissenschaftler (Bach-Forscher)

Söllner, Hans • bayerischer Liedermacher

Späth, Lothar • 1937–2016, Ministerpräsident von Baden-Württemberg und später Vorstandsvorsitzender der Jenoptik AG

Spoerri, Daniel • Künstler, Tänzer und Regisseur

Stalin, Josef • 1878–1953, Diktator der UDSSR, 1922–1953 Generalsekretär des Zentralkomitees der Kommunistischen Partei der Sowjetunion

Steinbrück, Peer • ehemaliger Bundesfinanzminister und SPD-Kanzlerkandidat

Steiner, Rudolf • 1861–1925, Publizist, Esoteriker und Begründer der Anthroposophie

Stella, Frank • Maler, Bildhauer und Objektkünstler

Stradtnutzki • Vorname und Geburtsdatum unbekannt, Staatssekretär und sog. Sherpa im Bundesfinanzministerium

Sturtevant, Elaine • 1924–2014, Künstlerin der Appropriation Art

Stüttgen, Johannes • Künstler und Beuys-Vermittler

Swieten, Gottfried van • 1733–1803, Diplomat und Präfekt der Kaiserlichen Hofbibliothek in Wien, Förderer mehrerer Komponisten (Haydn, Mozart, Beethoven)

Teschen, Albert Kasimir von Sachsen- • 1728–1823, Generalgouverneur der Österreichischen Niederlande und Begründer der Graphischen Sammlung der Albertina in Wien

Tillich, Stanislaw • ehemaliger sächsischer Ministerpräsident

Tiziano Vecellio / Tizian • 1488(?)–1576, Maler der Hochrenaissance und des Manierismus

Töppenrieder • Vorname und Geburtsdatum unbekannt, Bundesbankpräsident a. D.

Tussaud, Marie • 1761–1850, Wachsbildnerin und Gründerin des nach ihr benannten Museums

Ugo • Nachname und Geburtsdatum unbekannt, Koch (Ravello)

Varoufakis, Yanis • ehemaliger Finanzminister Griechenlands, Professor für Ökonomie an der Nationalen und Kapodistrias-Universität Athen

Velázquez, Diego • 1599–1660, (Hof-)Maler des Barock

Vidal, Gore • 1925–2012, Schriftsteller, Drehbuchautor, Schauspieler und Politiker

Voltaire (François-Marie Arouet) • 1694–1778, Philosoph und Schriftsteller der Aufklärung

Wagenknecht, Sahra • Mitglied des Bundestages für die Partei Die Linke (Eigenschreibweise: DIE LINKE), ehemalige Fraktionsvorsitzende, Gründungsmitglied von »aufstehen«

Wagner, Richard • 1813–1883, Komponist, Dramatiker, Dichter, Schriftsteller, Theaterregisseur und Dirigent

Warburg, Aby • 1866–1929, Kunsthistoriker und Kulturwissenschaftler. Begründer der Kulturwissenschaftlichen Bibliothek Warburg

Warhol, Andy • 1928–1987, Künstler, Filmemacher und Mitbegründer der Pop Art

Wischnewski, Hans-Jürgen • 1922–2005, Staatsminister im Auswärtigen Amt und Bundeskanzleramt

Wolfowitz, Paul • republikanischer Politiker und ehemaliger Präsident der Weltbank

Wörner, Manfred • 1934–1994, Bundesverteidigungsminister

Yu • Vorname und Geburtsdatum unbekannt, hoher Beamter im Verteidigungsministerium der VR China mit Zuständigkeit für die U-Boot-Flotte, Beijing. Promoviert

Zeisig • Vorname und Geburtsdatum unbekannt, Kunsthistoriker und Professor an der Kunstakademie von Oldenburg in Oldenburg

Zumbusch, Caspar von • 1830–1915, Bildhauer, Medailleur sowie Monumentalplastiker der Gründerzeit in Österreich

Auch Figuren dieses Romans, die nichterfundene Namen von Zeitgenossen und von Personen der Zeitgeschichte tragen, sind Erfindungen des Autors.
Sie sind fiktive Charaktere eines fiktionalen Textes.

Typografische Gestaltung: Klaus Raasch, Hamburg

Gesetzt aus der Rialto piccolo (InDesign)

Lektorat: Lisa Widey, Münster · Christian Wöhrl, Hoisdorf

ISBN 978-3-941461-38-3

Der Text erscheint zeitgleich in einer Vorzugsausgabe bei Josef Kleinheinrich, Münster